KB060677

오늘의 덕질

일상을 틈틈이 행복하게 하는 나만의 취향

이윤리
조소영
김창경
이예린
강유주
한지민
최서현
지 음

B 북폴리오

차례

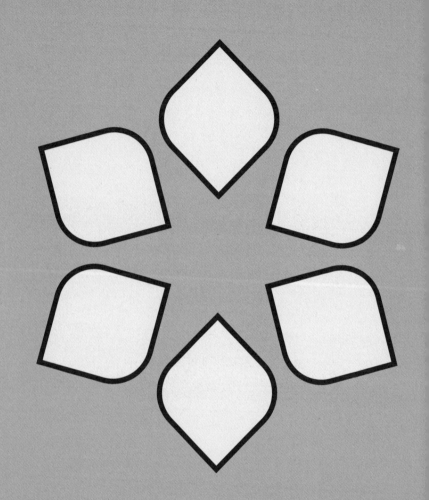

대상

SF와 나의 이야기

- 이윤리 -

할머니가 별똥별을 먹고 101세까지 산 이야기

외증조할머니는 별똥별을 먹고 101세까지 사셨다.

나의 외증조할머니에게 그 일이 일어났던 것은 막 7세가 되던 가을이라고 했다.

유독 한적한 가을 저녁 외증조할머니는 뒷마당에서 혼자 놀고 있었다. 놀 거리가 없는 시골이었기에 할머니는 굴러다니는 감나무 잎을 접어 그릇을 만들고 한참 소꿉놀이 중이었다. 외가는 촌에서는 제법 부유한 집이었다. 부농의 막내딸인 어린 나이의 계집아이가 소꿉을 놀며 시간을 축내는 일 따위에는 아무도 신경 쓰지 않았다. 그래서 외증조할머니는 늦게까지 아무렇게나 실컷 놀기 일쑤였다고 했다.

외증조할머니가 잎사귀 그릇에 흙을 퍼 담고 있을 때 무언가가 툭, 등 뒤로 떨어졌다. 다가가 보니 아무것도 없었던 뒷마당 한가운데 약지손톱만 한 돌 하나가 떨어져 있었다. 자그마했지만 반들하게 이상한 광택이 도는 모양이 생전 뒷마당에서는 보지 못하던 것이었다.

외증조할머니는 돌멩이를 조심스레 주워 보았다. 따끈했다.

가을 저녁은 차가운데 이상스럽게도 조그만 돌은 혼자 따끈했다. 외증조할머니는 저녁을 뚝딱 잡숫고는 안방에 누워 쉬던 자신의 아버지, 그러니까 헤아리기도 까마득한 외고조할아버지에게 돌을 가져가 보기로 했다.

"아버지, 이게 머다요?"

외증조할머니의 아버지는 딸의 손바닥에 놓인 돌을 가만히 들여다보고, 딸의 눈을 또 가만히 들여다보더니 부엌에서 물 한 사발을 떠 오라 시키셨다.

"눈 딱 감고 거시기 혀라."

외증조할머니는 반들거리는 돌멩이를 물로 꿀꺽 삼켰다. 따스하고 자그마한 돌이 목구멍을 타고 배 속으로 꼴딱 들어갔다. 외증조할머니는 어쩐지 배 속이 후끈하다고 느꼈고 많이 먹지 않아도 배가 안 고플 것 같다고 생각했다.

그 이후 외증조할머니가 어떻게 되셨는지 궁금할 것이다. 외증조할머니는 곧 태평양 전쟁을 겪었고, 8·15 광복을 겪었고, 분단을 겪었고, 6·25 전쟁을 겪었고, 고도성장기를 겪었고, 21세기 밀레니엄이 오기까지 오래오래 100살이 넘도록 잔병치레 없이 무병장수하셨다.

외고조할아버지는 이렇게 말씀하셨다고 했다.

"그것을 삼켰응께 니는 이제 병두 안 걸리구 100살까지 살 것이여."

이 말을 전하는 외증조할머니에게는 옛 시절에 태어난 딸이지만 귀하게 자랐다는 자부심과 아버지에게 가장 사랑받은 자식이라는 긍지가 묻어 있었다.

운석이란 지구로 유입된 우주의 유성체가 지구 대기와 마찰하다 타고 남아 땅에 떨어진 것으로, 지표면에서 발견된 유성(Meteor)의 잔해물이다. 대부분의 운석은 화성과 목성 사이 소행성대에서 유래한 것으로 알려져 있으며 일부는 달이나 화성에서 기원하기도 한다. 보통 검은색이나 검붉은색을 띠고 철, 니켈 합금이 주성분이며 일반 암석보다 무겁고 금속의 광택이 도는 경우가 많다(한국지질자원연구원, https://www.kigam.re.kr).

한국지질자원연구원에서는 한국에 떨어진 운석을 등록하고 감별도 한다. 지구에 사는 과학자들은 이 운석 덕분에, 직접 우주로 나가지 않고도 우주 물질을 연구할 수 있다. 특히 운석은 태양계 초기의 특성을 담고 있기도 해 과학적 가치가 높다.

최근에 발견된 운석으로는 2014년 3월에 떨어진 경남 진주의 운석이 유명하다. 발견 당시 수억 원의 가치를 호가한다고 해서 많은 사람들이 금속 탐지기를 들고 진주로 몰려가 남의 밭을 헤집는 웃지 못할 에피소드도 있었다. 진주에 떨어진 운석은 모두 4개가 발견되었고 그중에 가장 큰 것은 20킬로그램이나 나갔다. 지금까지 국제 운석으로 등재된 한반도의 운석은 총 4개로, 그것들은 모두 외증조할머니께서 아동기와 청년기를 보낸 1924년부터 1943년까지의 일제 강점기 때 발견되었다.

외증조할머니 댁의 뒷마당에 떨어진 그 자그마한 돌은 별똥별, 즉 운석이었을 것이다. 운석을 드셔서 오래 사신 것인지 원래 태어나길 무병장수 체질이신 것인지는 모른다. 하지만 저 먼 우주에서 온 운석에 대한 믿음과 아버지의 사랑이 외증조할머니의 장수에 큰 기여를 한 것만은 틀림이 없다. 그 조그맣고 따뜻했던 외계 물질은 외증조할머니의 위를 지나고 장을 지나 산소와 수소와 탄소와 질소가 섞인 물과 유기물 화합체에 높은 비율의 무기물

함량을 더하며 자연으로 방출되었고 영원히 지구의 어느 곳에서 고요히 잠들어 있을 것이다.

외고조할아버지와 외증조할머니와 그 딸인 외할머니가 지구와 우주의 일부가 된 것처럼.

SF는 나에게 이 이야기와도 같은 존재이다.

차가운 세계의 법칙에 관한 이야기면서 그를 통해 삶과 사랑을 이해하게 되는 이야기. 신비의 외피를 둘러싼, 사실은 매우 현실적인 삶의 이야기.

나는 그래서 SF 마니아이다.

의정부 산속에서 걷는 식물을 만난 이야기

초등학교 5학년 때의 일이었다.

당시 친가는 의정부에 선산을 하나 가지고 있었는데, 둘째 큰아버지 댁이 산 밑에 살면서 선산의 산지기 노릇을 했다. 이렇게 말하면 거창하지만 실상은 아래와 같다.

북쪽에서 어중간한 규모의 지주였던 할아버지 집안은 해방 이후 분단이 되면서 남하했다. 몸만 급히 피하는 처지라, 대부분의 재산이 땅이었던 친가는 가진 것을 거의 모두 버리고 떠나야 했다. 6·25 이후 전 집안에 남은 자산이라곤 땔감으로도 쓸 수 없는 비틀어진 아카시아나무들로 가득한 옹색한 야산 하나였다.

할아버지는 10명의 자식 중 6·25를 겪고 살아남은 3명의 아들들을 모아 놓고, 돈이 없으니 싹수가 있는 딱 1명만을 대학에 보내겠노라고 했다. 나의 아버지는 살아남은 이들 중 막내아들이었기에 선택받지 못했다. 아버지가 스스로를 동정하며 말하길, 막내에게 선택권은 없었다. 차마 형님 둘을 제치고 대학에 가겠다고 주장할 자신은 없었던 것이다. 아버지는 이런 선택과 집중이 당시 사회에서는 별난 일도 아니었다고 했다. 눈치 빠른 나는 아버지가 손위 형이었다면 둘째 큰아버지보다 훨씬 좋은 대학에 갔을 거라며 맞장구를 쳐주었다. 물론 그렇게 생각해 본 적은 단한 번도 없지만.

선택된 둘째 아들은 다소 허당기가 있고 주변머리가 없었으나 집안의 전폭적인 지지를 받으며 무사히 고려대학교에 합격했다. 친가는 쌀농사를 지었다. 서울 유학비와 학비를 대느라 다른 형제들은 고등학교 졸업에 그쳐야 했고, 쌀과 닭, 마늘을 판 돈으로 학비를 충당했다. 둘째 아들은 고려대생 학벌을 이용해 서울에서 중학생 과외 선생을 하며 대학을 겨우 졸업했다.

둘째 큰아버지의 커리어는 졸업 이후로 성공적이었다. 과도한 입시 경쟁 체제 속에서 과외와 학원 강사를 하며 한때는 돈을 잘 벌었다. 그러나 1980년대 국가의 사교육 전면금지 시행은 둘째 큰아버지를 하루아침에 실업자로 만들었다. 취업을 하기에는 이미 나이가 너무 많이 들어 버린 둘째 큰아버지는 결국 집안에서 가장 가방끈이 긴 백수가 되고 말았다. 게다가 학원 강사로 잘나가던 시절 소개로 만난 아가씨와 집안의 허락 없이 몰래 결혼해 버린 상태였다. 친가에서는 예쁘기만 하고 무엇을 하는지도 모를 아가씨를 맘에 들어 하지 않았다. 하지만 그들을 외면할 수 없었던 할아버지는 당시 선산 아래 산지기가 살던 작은 집을 내주고 둘째 큰아버지 가족을 거기에 머물도록 했다.

미인이었던 둘째 큰어머니는 어린 두 아들과 핏기 없는 남편을 부양할 생활비를 벌기 위해 꽃분홍색 점퍼와 호피 무늬 바지를 차려입고 저녁마다 읍내의 포차에서 일을 하기 시작했다.

둘째 큰아버지는 집을 제공받은 대가로 한 달에 한 번씩 낫을 들고 좀비처럼 걸어 나가 조상님 무덤에 자라난 풀을 베었다. 제일 큰 문제는 아카시아나무였는데, 그 뿌리가 무덤의 관을 뚫고 땅속에서 조상님의 시신을 헤집는다고 했다. 심지어 마구 자란 아카시아 뿌리에 걸린 조상의 시체가 땅 위로 불쑥 튀어나오는 경우도 있다고 했다. 선산은 그야말로 아카시아투성이라 둘째 큰

아버지는 땅 위를 기는 것처럼 쑥쑥 자라는 나무뿌리를 아주 자주 잘라내야만 했다. 그것은 결코 정복되지 않는 야생적인 자연과 실패한 한 남자의 끝나지 않는 외로운 싸움과도 같았다.

의정부로 이주한 그들 가족에게는 버려진 공간이 하나 있었다. 과거에 사랑채 공간이었을 법한 어정쩡한 툇마루가 있는 추운 방이었다. 명문대를 나온 아버지가 사춘기 아들들의 상상력을 위해 책을 꾸려 마련한 공간치고는 그들의 처지만큼이나 매우 궁핍한 곳이었다. 하지만 책에는 조금의 관심도 없는 친척들이 마당에서 눈도 못 뜬 새끼 고양이를 데리고 노는 동안 내가 그 책들을 읽어 치우기에는 충분했다.

산중이라 습해서인지 희미한 꽃무늬 벽지를 덧바른 벽에는 곰팡이가 덕지덕지 앉아 있었다. 곰팡이는 곧 문고를 침략하고 집 전체를 덮어 버릴 듯이 기세등등했다. 내가 보기에 이 공간은 영락없이 그 집의 정체성을 나타내는 것 같았다.

책꽂이 한쪽에는 20여 권은 족히 될 문고를 채워 놓았는데 어린 나에게는 제목이 무척이나 자극적이었다.

《심해의 우주괴물》, 《우주괴인》, 《하늘의 공포》, 《타임머신》 등.

개봉초등학교 5학년 물리 영재였던 나의 호기심을 자극하는 표지들. 그때 나는 범생이였지만 속으로는 얌전한 여자아이로서의 역할을 수행하는 데 진저리가 나던 터였다. 이런 심정을 대변하듯 우주선이며 로봇 따위가 광선을 난폭하게 쏘아 대는 그림이라면 뭐든 OK였다.

《걷는 식물 트리피드》.

어느 날 운석이 떨어지며 초록색 광선이 전 지구를 덮고, 그 광선을 본 모든 지구인들은 실명하게 된다. 주인공은 회사에서 연구 중이던 식물 트리피드에 눈을 다쳐 실명 위기를 벗어난다. 그런데 갑자기 번성한 이 트리피드라는 식물이 지구인들의 삶을 또다시 위협한다. 트리피드는 성체가 되면 3개의 다리를 이용해 걸어 다니면서 독이 있는 채찍으로 먹을 것을 사냥하는데, 눈이 보이지 않는 인간은 대량 번식한 트리피드 때문에 종의 생존까지 위태로워진다…는 줄거리나 사실 전체가 기억나지는 않는다. 다만 무리 지어 인간을 사냥하는 괴기식물의 기묘한 일러스트와 숨죽인 주인공이 괴물의 동태를 살피느라 커튼 밖을 훔쳐보는 장면이 정말 정말 무서웠다.

어린 내가 모든 스토리를 이해하기에는 어른의 말이 너무 많아 어려웠고 몹시 무서웠다.

갑자기 운석이 떨어지면서 모두 눈이 안 보이게 된다면? 그럼 어떻게 의정부를 탈출해 집에 가지? 선산의 아카시아나무가 갑자기 전부 걸어 다니면서 명절날 이 씨네 집안 식구들을 사냥한 다면? 러브크래프트 식의 거대한 공포의 장막이 의정부에 잠깐 열린 듯했다.

《걷는 식물 트리퍼드》말고도 마음을 사로잡는 흥미진진한 이 야기들이 많았다. 이를테면 심해의 우주괴물이니, 외계인이 보낸 로봇을 살해했는데 알고 보니 정작 자신이 인간으로 둔갑한 진짜 외계 로봇이었다는 이야기라든지, 땅속을 공기처럼 마음대로 통 과하는 다른 종의 인간이 감쪽같이 저지르는 살인 이야기, 전투 기 조종사가 짙은 구름 사이에서 괴생명체를 발견하고는 외롭게 싸우는 이야기 등….

나중에 알게 되었지만 이 문고는 일본 소년소녀 과학소설 문 고를 라이선스 없이 해적판으로 펴낸 몇 가지 판본 중 하나로, 그 유명한 ACE문고와 더불어 많은 이들의 유년 시절에 큰 영향을 끼친 문고본이었다. 나는 어떻게든 이 문고를 손에 넣고 싶어서 머리를 이리저리 굴려 보았지만 숫기 없는 초등학교 5학년이 무 엇을 할 수 있었겠는가. 결국 그중 단 1권도 얻지 못한 채로 유년 기를 마치고 말았다.

둘째 큰아버지 가족은 그 집에서 몇 년 살지 못했다.

아카시아를 베며 야산을 돌아다니던 둘째 큰아버지가 갑자기 돌아가셨기 때문이다. 어른들은 한참 동안 아이들에게 둘째 큰아버지가 돌아가신 사실마저도 숨겼다. 나도 둘째 큰아버지의 진짜 사인을 20대가 되어서야 알고 엄청난 충격을 받았다.

그에게는 가족도 친지도 모두 버거웠던 것일까. 아니면 매일매일 끝나지 않는 아카시아와 조상님에 대한 악몽을 꾸었던 것일까. 둘째 큰아버지네 가족은 결국 해체되었고 의정부를 떠났다. 그 집은 아무도 살지 않는 버려진 흉가로 남아 헐려 버렸다.

어떤 날, 의정부 어느 작은 산 아래에서 한 여자아이가 책을 꺼내 들었다. 아이는 아카시아와 곰팡이에 지배당한 가족들의 집에서 걷는 식물을 처음 만났고 축축한 공기 속에서 공포의 그림자와 흐린 삶이 교차하던 순간을 목격했다. 삶은 가난하고 별것 아니었지만 아이들을 위한 몇 권의 책을 마련하는 작고 소중한 마음이 있었다. 아이는 생명으로 붉게 번쩍이던 표지를 넘겼다. 이것이 내가 SF에 매혹당한 첫 순간이었다.

그 시절 일본에서 번역되어 들어온 여러 어린이용 SF문고 시리즈는 다양한 출판사에서 여러 가지 판본으로 몇 년간 출판되었다. 1999년 직지 프로젝트(https://sf.jikji.org/jikji)를 통해 아이디어회관 SF 60권이 보존되었다. 직지 프로젝트는 서구 사회에 영향을 주었던 저술들을 전자화해 영구 보전하자는 구텐베르크2

프로젝트에서 모티브를 얻어 계획되었다고 한다.

1999년 당시 SF계에서 활동하던 (이제 막 어른이 된) 청년들은 심각한 위기감을 느끼고 있었던 듯하다. IMF 이후 경제 불황과 출판업계의 무관심으로 제대로 된 책을 내는 일조차 불가능한 상황이었다. 하물며 비인기 종목인 SF는 더더욱. 그들은 세기말 이후 한국에서 SF라는 장르가 아예 사라져 버릴지도 모른다는 생각을 했던 것 같다.

그리하여 비장한 마음으로, 국내 출판업계가 더 이상 출간하지 못하고 재고도 남아 있지 않은 SF서적을 발굴해 스캔하고 영구 보전하기로 했다. 이 프로젝트에 참여한 사람들은 돈 한 푼 받지 않고 자신이 소유한 희귀본들을 대여해주며 스캔과 교정 작업을 무료로 진행해 나갔다. 어릴 적 자신이 보았던 1권의 책에 대한 보답을 하고자 수고를 감수한 것이다.

벌써 20년이 넘은 프로젝트이지만 이 숭고한 노력의 결과로 아직도 위 홈페이지에서 누구나 아이디어회관 SF를 읽을 수 있다. 그들 덕분에 나는 어릴 적 보았던 소년소녀 SF문고(내가 본 문고는 다른 것이었지만)의 실마리를 찾을 수 있었다. 또한 그들이 그랬듯 나도 SF를 통해 삶을 바라보는 눈을 갖게 되었으며 인간과 상상력에 대해 생각하게 되었다.

현재 한국에서는 SF의 전성기라 할 정도로 해마다 많은 SF들이 출간되고 있다. 과거의 나처럼 어떤 청소년들은 지금 한국 SF를 읽으며 꿈과 상상의 조각들을 현실로 만들기 위한 시도를 하고 있을 것이다. 그리고 그 청소년들 역시 먼 미래에 자신이 SF에 빠져들게 된 그 순간, 그 하나의 책을 찾기 위해 노력할 것이다. 그렇게 삶의 순간들은 비슷하게 계속되는 것 같다.

'Ghost in the Machine'과 몇 번의 키스에 대한 이야기

1990년대 말 대학가에는 구하기 힘든 아트필름이나 애니메이션을 입장료만 받고 상영해주는 곳들이 있었다. 내가 오시이 마모루의 〈공각기동대(Ghost in the Shell, 1995)〉를 처음 본 곳도 어느 지하 카페였다. 영어 제목에서 느껴지듯, 이 작품은 인간의 영혼(Ghost)과 껍질(기계화된 몸, Shell)을 구분할 수 있는가란 심오한 화두를 던진다.

2029년 가상의 도시 뉴포트(Newport). 기술의 발달로 인간의 뇌는 네트워크에 연결되어 있고 유기체인 몸을 기계로 교체하는 인간이 많아졌다. 신체 일부만 인간이고 나머지 온몸이 의체화(기계화)된 사이보그이면서 특수부대 공안 9과의 핵심 인물인

여주인공 쿠사나기는 전자화된 인간의 영혼을 해킹해 인간의 기억과 행동을 조종하는 의문의 인물 '인형사'를 검거하고자 수사를 시작한다.

인형사의 정체는 사실 바이러스 프로그램으로 개발되었으나 폭주해서 스스로 진화하다 인간의 통제를 벗어난 AI였다. 인형사는 스스로 발생한 하나의 신생명체로서 인정받고 싶어 하는 한편, 주인공 쿠사나기는 뇌와 척수의 일부만이 생체일 뿐 자신의 몸을 기계로 대체한 인간이다. 이 스토리를 둘러싼 질문들. 기계 몸을 가진 쿠사나기는 인간인가? 인격을 주장하는 AI는 육체가 없는데 물성 없는 존재를 생명체로 인정할 수 있을까? 뇌가 전자화된 인간은 인간일까? 전자화된 자아가 지각하고 있는 현실은 진실일까? 흥미롭게도 자신을 생명이라고 규정하는 AI가 자아에 가장 강한 확신을 갖고 있다는 점이 이 작품의 핵심이다. 데카르트에 대한 패치워크 같은 작품인 〈공각기동대〉는 인간의 영혼은 무엇인가, 기계 몸을 가진 인간은 어디까지가 인간이라고 볼 수 있는가 등의 철학적 질문을 담아 이후 같은 세계관을 공유한 여러 작품군으로 발전했다. 누구나 이름만 들으면 알 영화 〈매트릭스〉에도 큰 영향을 끼쳤다.

1980년대 사이버펑크 장르가 유행하며 여러 명작들이 나왔다. 사이버펑크는 컴퓨터 통신상의 가상 세계와 해커, 기술-인간의 융합을 특징으로 하는 SF 장르로 윌리엄 깁슨의 《뉴로맨서》를 비롯한 연작에서 처음 등장했다. 지금 보아도 명작들이지만 〈공각기동대〉는 이런 사이버펑크 장르에서 아주 대중적인 한 획을 그은 작품이다. 세기말 사이버펑크 SF의 분위기를 느끼려면 앞서 언급한 오시이 마모루의 〈공각기동대〉와 〈매트릭스〉, 그리고 〈블레이드 러너〉처럼 그 시기 SF영화를 보며 시작하는 것도 좋을 듯하다.

그러나 당시에는 생각보다 인기가 없었던 탓인지, 아니면 잘 알려지지 않아서였는지 담배 냄새 퀴퀴한 지하 카페의 화면 안에는 존재를 재생하려는 쿠사나기와 나, 오직 우리 둘뿐이었다.

나는 누구인가.

세기말의 첫사랑은 갑자기 시작되었다. 고등학교 3학년, 반에서 처음 그 애를 보았다.

사랑은 영혼을 변화시킨다. 청소년기 내내 쌓아 왔던 나의 성격, 취향, 세계관이 한 사람을 중심으로 변화하기 시작했다. 그 애를 향한 첫사랑에 빠지느라 결국 입시에서 폭망했지만 후회는 전혀 없었다.

교정에 떨어지는 벚꽃 잎이 훨훨 날리는 봄날이었다. 손바닥에 살며시 앉은 벚꽃을 들여다보는 그 애 자체가 인간 벚꽃 같아서

넋을 잃고 쳐다볼 수밖에 없었다. 얼뜨기 같은 내 얼굴을 보았는지 그 애는 친절하게 말을 걸어주었다. 그렇게 만화처럼, 마치 그린 듯이 완벽하게 갇힌 순간이 우리 둘을 감쌌다. 봄날의 따스한 공기가 볼에 닿았다. 흰 운동화 발끝이 멈칫했던 그 기억을 나는 당연하게도 잊을 수가 없다.

나는 그 애와 가까운 자리에 배정되었다. 그 애가 무엇을 좋아하는지, 어떤 음악을 듣는지, 뭘 하며 시간을 보내는지 그 애의 세상을 알고 싶었다.

"좋아하는 게 뭐야?"

"음…. 너바나?"

첫 대답은 꽤나 비호감이었다. 나는 밴드 음악을, 그중에서도 록을 정말 싫어했다. 손발이 오그라들고, 시끄러우며, 비이성적이었다. 그 애는 가끔 물었다.

"죽음이 뭐라고 생각해?"

평소라면 이따위 질문을 하는 잘 모르는 애하고는 말도 안 섞었을 것이다.

나는 중2병 따위는 걸려 본 적도 없고, 숙명과 인생에 대해 그다지 고민하지 않는다. 어차피 운명은 나를 이끌고 모르는 곳으로 데려다 놓을 것이다. 인간은 운명 안에서 큰 사건이 일어나는 그 상황에 적응할지 포기할지를 결정하는, 제한된 자유를 가질

뿐이라고 생각한다. 그런 측면에서 오그라드는 말만 하고 툭하면 검은 티셔츠를 입는 그 애와 난 전혀 어울리지 않았다.

나의 영혼은 그만 정신 차리라고 외쳐 댔지만, 커트 코베인과 코트니 러브가 사귀었듯 결국 운명적으로 사랑에 빠졌고 이것은 날 변하게 만들었다.

나는 따뜻한 캔 커피를 품 안에 넣고 첫눈 오는 날 학교 앞에서 그 애를 기다렸다. 그 애가 따뜻한 커피를 받으며 활짝 웃자 기다린 2시간이 아깝지 않았다. 그 애의 마음에 들려고 니체와 쇼펜하우어가 생각한 죽음에 대해 구구절절 편지도 썼다. 하지만 그 애가 야자 시간에 도망갔기 때문에 결국 편지는 전해주지 못했다. 별을 보러 가고 싶다는 그 애를 위해 교실 천장에 야광별 스티커를 은하수처럼 붙이기도 했다. 스티커는 잘 보이지 않았고 부끄러워 말하지 못했기에 그 애는 별무리의 존재조차 알지 못했다. 바다가 좋다는 그 애를 위해 파도 소리도 녹음했다. 한밤중 도시의 불빛을 보며 듣는 파도 소리는 무척이나 로맨틱했지만 그 애는 언제나 도망가기 바빴다.

그 애는 짝사랑을 하고 있었다. 한 학년 위의 선배였다. 그래서 그 애와 푸른 밤과 이루지 못한 사랑에 대한 이야기도 나누었다. 내가 그 애의 못다 한 사랑을 이루어주고 싶다고 주제넘게 생각했다.

그 애를 좋아하면서 처음으로 인간의 껍질과 영혼의 불일치함을 생각해 보게 되었다.

다음 해, 나는 어물쩍 대학에 진학했고 그 애는 재수를 시작했다. 대학 생활은 신기하고 재미있는 일들투성이였지만 여전히 마음에는 이루지 못한 첫사랑에 미련이 남아 있었다.

봄부터 노량진 재수학원 앞에서 그 애에게 줄 손편지를 들고 2시간이고 3시간이고 기다렸다. 혹시나 만날까 싶어 육교 앞 카페에서 책을 읽으며 시간을 보내곤 했다. 그 애는 한 번도 모습을 보여주지 않았다.

결국 그다음 해 초, 그 애에게 직접 연락을 했다. 우리는 노량진의 한 커피숍에서 다시 만났다. 그 애는 전문대에 진학을 했지만 모든 것이 맘에 들지 않아 보였다.

나는 그 애와 몇 번의 데이트를 했다. 좋아했던 기간에 비하면 아주 짧은 시간의 만남이었지만, 벚꽃의 화신 같았던 그 애는 이제 내가 생각했던 그 사람이 아니었다.

변화한 것은 세상. 세상은 더 이상 그 애를 중심으로 움직이지 않았다. 그 애는 그대로인데 나는 그만 다른 사람이 되어 버렸다. 그 애의 끝나지 않는 죽음 예찬에 나도 모르게 너무 쉽게 넌덜머리를 냈고 조용히, 그리고 확실하게 그 애를 밀어냈다. 그 애는 그렇게 나의 삶에서 떠났다.

필립 K. 딕의 《안드로이드는 전기양의 꿈을 꾸는가?》는 핵전쟁 후의 샌프란시스코를 무대로 안드로이드를 사냥하는 현상금 사냥꾼 릭 데커드가 화성에서 도망친 안드로이드를 찾아 사냥하는 이야기이다. 이 소설은 1982년 리들리 스콧 감독, 해리슨 포드 주연으로 영화화되었고 당시에는 저주받은 걸작으로 불렸으나 현재 역사적인 SF 명작으로 평가받고 있다. 여러 차례 다른 제목 으로 소개되었으며 가장 최근의 발간본은 2013년 폴라북스에서 출간한 《안드로이드는 전기양의 꿈을 꾸는가?》이다.

소설 속의 지구는 심각한 방사능 오염 때문에 살아 있는 동물 이 귀한 상태로, 사람들은 진짜 동물(주인공 릭은 진짜 양을 키우고 싶어 한다. 왜 하필 양인지는 소설에서 확인하시길) 키우는 것을 선망 한다. 책에서는 인간과 안드로이드를 구분하는 것이 매우 어려운 일이라고 묘사된다. 그러나 안드로이드들은 삶의 경험과 기억이 부족해 공감 능력이 떨어지며, 인간과 같은 감정을 획득하기 위 해 경험에 집착한다.

〈공각기동대〉와 《안드로이드는 전기양의 꿈을 꾸는가?》에 묘 사된 안드로이드는 유사 인간으로, 인간의 정체성은 무엇인지에 대해 고민하게 만든다. 〈공각기동대〉의 쿠사나기는 몸의 거의 모든 부분이 기계이기 때문에 자신이 전에 존재하던 인간과 같은 인간인지를 고민하고, 《안드로이드는 전기양의 꿈을 꾸는가?》에 등장한 몇몇의 안드로이드들은 공감 능력과 감정을 획득해 인간과 거의 다를 바 없는 존재가 된다.

세기말, 나는 정체성에 고민이 많았다. 유년 시절을 거치며 나 중심의 세계에서 벗어나고 보니 스스로가 한없이 작고 외롭고 보잘것없는 존재처럼 여겨졌다. 그래서 나는 어떤 다른 존재를 사랑하고 감정을 느끼며 공감해야 하는지, 세상이 나를 어떻게 바라보고 있는지를 끊임없이 조정하고 정렬했다. 다른 존재와의 관계에서 오류와 잘못을 경험했다.

그리고 나는 영혼이 이미 껍질과 분리할 수 없는, 껍질의 일부였다는 것을 알게 되었다. 첫사랑은 그렇게 빛나고 아름다웠지만 다시 되돌릴 수는 없었다. 세계의 변화는 나를 변화시켰고 다른 존재에 대한 나의 마음을 변하게 만들었다.

어쩌면 당연한 일이겠지만….

나는 대학교 2학년이 되었고 또 사랑에 빠졌다.

편입한 학교 내 동아리에서 선배를 사귀었다. 열정적인 연애였다. 그 시절 다른 대학생들처럼 우리는 매일 잔디밭에 앉아 술을 마시고 마지막 남은 철학과 예술에 대해 이야기했다. 지금 생각하면 얼굴을 들 수 없을 정도로 창피하지만 학생 운동의 시절은 끝나 가고 있었고 문화와 포스트모던과 욕망과 열정이 그 자리를 채우던 시대였다. 모두들 뭔지 모를 책들과 뭔지 모를 철학을 떠들어 댔다. 또한 우리는 뭔지 모를 시대를 살아가기에는 너무 젊었기에 무슨 일이라도 저질러야 했다. 젊은 나는 내가 무척이나 똑똑하고 이성적인 사람이라 믿고 있었다. 누구를 만나도 현명하게 잘 처신할 수 있다고 믿었다.

동아리에서 처음 만난 선배는 참 솔직했고 그런 점이 특별히 더 귀여웠다. 자신의 단점도 툭 말해 버리고 모르는 것은 모르겠다고 인정할 줄 아는 모습이 멋있고 어른 같았다.

선배는 심성이 착한 사람이었지만 예술가였다. 아름답고 신기하고 자극적이며 재미있는 것을 좋아해서 항상 주변에 한 무더기의 새로운 사람들을 몰고 다녔다.

그리고 맙소사. 그들 모두와 정도가 다른 썸을 탔다. 지금의 나라면 과거의 나에게 "야, 쓸데없는 생각 말고 도망쳐!"라고 외치겠지만 그때는 그렇게 인기 있는 것조차도 너무나 매력적이었다.

나는 직진했다. 어느 날 잠깐 들른 선배에게 술을 마시자고 했다. 술잔 너머로 선배의 눈 속을 물끄러미 들여다보았다(이런 당돌하긴!). 그리고 즐겁게 웃으며 말했다.

"계속 만나요, 우리."

선배는 나를 보며 해맑게 웃었다. 웃을 때 접히는 눈매가 귀여웠다. 선배는 친절하면서도 흥미로운 태도로 나와 만났고 우리는 급속도로 가까워졌다.

결국 선배를 사귀게 되었을 때 정말 기뻤다. 행복한 연애가 시작되고 6개월이 지난 어느 날, 최악의 자리에서 선배가 뜬금없이 말했다.

"나, ○○이랑 만나 보려고."

"…뭐?"

"그냥. 그 사람이 맘에 들어."

"….'

연락이 두절된 다음 날의 일이었다. 선배는 또 다른 선배와 바람이 났다. 지금이야 이게 무슨 아침드라마 같은 막장 전개냐며 깔깔 웃겠지만 그땐 정말 세상이 무너지는 줄 알았다.

따귀라도 때릴걸, 나중에서야 생각했다. 갑작스레 벌어진 일에 기운도 없고 실감도 나지 않았다. 그땐 다들 왜 그랬는지 모르겠지만, 매력적이면서 자유분방한 대학생들은 폴리가미 같은 것에 빠져 있던 세기말이었다.

실연 때문에 매일 기진맥진한 상태로 동아리방에 상주했다. 그들이 뻔뻔하게 저 문을 열고 들어오면 어떻게 해야 할지 온갖 상상을 하면서, 버림받은 마음은 비참해졌다. 진정하려 했지만 가

이윤리   **29**

끔 울컥 화가 났다. 공부할 마음이 전혀 들지 않아서 닥치는 대로 아무 텍스트나 읽었다. 껍데기만 남은 느낌이었다. 그냥 구석에서 쓸쓸히 늙어 가고 싶었다.

동아리방에는 나처럼 버려진 책장이 하나 있었다. 동아리 사람 아무나 필요 없는 책을 꽂아 놓고 가거나 공유할(사실은 공유를 빙자한 폐기이지만) 책을 놓아두는 곳이었다. 의자 3개를 붙여 놓고 누워서 멍하니 있는데 책장 아랫단에서 보지 못했던 책들이 눈에 띄었다.

'그리폰 북스'.

책에 쓰인 문구를 보고 깜짝 놀랐다. SF 마니아들 사이에서 전설의 책으로 불리던 시공사의 그리폰 북스 초판본 몇 권이 거기 있었다.

J. G. 발라드의 《크리스탈 월드》, 시어도어 스터전의 《인간을 넘어서》, 아서 C. 클라크의 《유년기의 끝》, 알프레드 베스터의 《파괴된 사나이》, 할 클레멘트의 《중력의 임무》. 이렇게 5권이었다. 그때에도 이미 절판되어 구할 수 없는 상태였던 그리폰 북스의 명성만 알고 있던 나는 바로 책들에 빠져들었다. 그리폰 북스는 주옥같은 세계 최고의 SF 작품들을 한국에 소개해준 기념비적 시리즈로 유명하다. 그중 할 클레멘트의 《중력의 임무》에 매

료된 나머지, 새로운 행성에 남겨진 로봇이 자신과 결합할 다른 존재의 통신을 기다리다 결국 작동을 멈추고 만다는 내용의 엽편을 끼적이기도 했다.

그리폰 북스는 약간 과장을 보태자면 애인이 수십 명과 연애를 했다고 해도 진정할 수 있을 정도로 재미있었다. 그리폰 북스의 주인을 수소문했지만 누가 거기에 기증했는지 알 수 없었다. 그래서 당시 회장에게 양해를 구하고 그리폰 북스를 가져오는 대신 다른 책을 기증했다. 결국 SF계에서 매우 중요한 책들을 손에 넣게 되었고 아직도 그 책들은 서가 맨 가운데를 자랑스럽게 장식하고 있다.

그리폰 북스는 연애로 무너진 한 대학생의 정신을 구했다. 나는 실연 후 책을 얻었고 책을 통해 나의 세계를 다시 쌓을 수 있었다. 20대를 엄청나게 잘 살아간 것 같진 않지만 결과적으로 얻은 것은 제법 많은 듯하다. 이쯤이면 꽤 나쁘지 않다.

당신 인생의 이야기와 내 인생의 이야기

몇 년 전부터 단편 작품집인《당신 인생의 이야기》를 시작으로 테드 창의 작품들이 한국에서 인기를 끌고 있다.《당신 인생의 이야기》는 지적이고 아름다운 8개의 단편으로 구성되어 있다. 그중 표제작이라고도 볼 수 있는 〈네 인생의 이야기〉라는 작품은 읽는 그 순간부터 특별한 의미로 남았다.

언어학자인 루이즈는 지구에 갑자기 찾아온 외계인 헵타포드를 연구하는 프로젝트에 참여한다. 그녀의 임무는 헵타포드의 언어를 배워 그들이 지구에 방문한 목적이 무엇인지 알아내는 것.

헵타포드의 언어는 방사형으로 생긴 그들의 생김새와 비슷했다. 그들의 언어는 둥글다. 최초의 획과 마지막 획이 상관관계를 이루어 '최초의 획을 긋기 전에 문장 전체가 어떤 식으로 구성될지 미리 알고 있어야' 한다. 놀랍게도 이 언어를 사용하는 존재는 문장을 시작하기 전, 어떤 일이 시작되기 전에 이미 그 결과를 알고 있는 것이다. 헵타포드의 언어를 배우면서 루이즈는 헵타포드와 같이 사고하는데, 그 과정에서 환각처럼 자신이 경험할 미래의 순간을 보게 된다. 루이즈는 앞으로 자신이 낳을 딸이 미래에 젊은 나이로 사망할 운명임을 미리 알고 있지만 그럼에도 딸을 낳기를 선택한다.

이 이야기는 2016년 드니 빌뇌브 감독에 의해 〈컨택트〉라는 제목으로 영화화되었다. 소설과 영화는 조금 다른 부분도 있지만 짧은 소설의 내용을 아름답고 좀 더 이해하기 쉬운 방식으로 담아냈다. 소설로 이야기를 읽는 독자는 루이즈의 선택에 대부분 혼란스러운 반응을 보이는 것 같다. 알면서도 불행한 미래를 감당할 사람이 있을까? 불행한 미래를 자유 의지로 스스로 선택할 수 있을까? 인간에게 자유 의지를 제외하고 운명만이 남는다면 인간이 살아갈 의미가 있을까?

이 이야기의 주인공인 루이즈는 미래를 알지만 자신과 딸의 운명을 바꾸지 않는다. 다만 정해진 미래를 위해 소중한 시간을 살아간다. 그리고 그 가운데서 딸을 사랑할 뿐이다.

아버지가 파킨슨병 진단을 받았다.

우리 가족은 예전부터 그렇게 될 거라는 사실을 어렴풋하게 알고 있었던 것 같다.

친할머니는 치매를 10년 앓다가 돌아가셨다. 할머니는 밤중에 무서운 사람들이 줄지어 지나간다는 환각에 시달렸고 귀신이 자기를 들여다본다고 했다. 어느 날은 잠을 자다 자신이 있는 곳이 어딘지 몰라 내가 자는 방에 들어와 나를 가만히 보고 계셨다. 변을 화장실 벽에 바르고 그 손으로 간식을 집어 먹었다. 먹을 것을 안 준다며 아이처럼 떼를 쓰고 나를 언니라고 불렀다. 어릴 적의 기억은 선명한데 얼마 지나지 않은 일은 전혀 기억하지 못했다. 친할머니의 치매는 친척을 비롯한 가족들에게 막을 수 없는 병의

무거움에 대해 잘 이해하게 해주었다.

아버지는 젊은 시절부터 할머니와 정말 많이 닮은 사람이었다. 웃을 줄도 모르고, 작은 농담조차 할 줄 모르는 종류의 사람들. 세상 무서운 전쟁을 겪어서인지 살면서 재미있고 즐거운 일 따위는 없다고 여기는 태도로 하루를 보내고 마는 사람들이었다. 그들을 지탱하는 것은 가족에 대한 의무감이나 쉬지 않는 근면함으로, 그렇게 평생을 지내 미간에 엄숙하게 깊은 세로 주름을 지니게 되는 그런 사람들이었다.

아버지는 정서적으로도 유전적으로도 할머니와 똑 닮은 부분이 많아서 가족들은 항상 걱정했다. 어찌나 걱정이 되던지 아버지가 할머니처럼 치매에 걸리면 어떻게 할지 아버지 몰래 진지하게 이야기해 본 적도 있다.

40대의 어느 날, 아버지는 밤에 잠을 자다가 내 방문을 차고 들어왔다. 누군가가 내 창문을 통해 우리 집에 침입해 들어오는 생생한 꿈을 꾸었던 것이다. 나는 잠결에 너무 놀라 그대로 다시 잠들지 못한 채 밤을 새워야 했다. 40대 후반부터 아버지는 잠꼬대를 하며 옆에서 자는 사람을 침입자나 나쁜 존재로 오인해 주먹으로 때리고 발로 차기 시작했다. 어머니는 웃으며 잘못한 것도 없는데 자꾸 왜 때리느냐고 농담을 했다. 50대 즈음부터는 아침에 일어나면 간밤의 악몽에 대해 이야기하며 사실과 꿈을 제대로 구분하지 못하는 증세도 있었다.

가족들은 아버지가 너무 열심히 살아서, 성공하고 싶은 마음에 과한 일을 하고 스트레스를 많이 받아서 정서와 수면이 좋지 않은 것이라고 생각했다. 지나면서 알게 된 이야기이지만 파킨슨병의 전조 증상은 40대 이후부터 수면장애나 폭력적인 잠꼬대로 나타나는 경우가 많다고 한다. 아버지가 40대, 50대이던 그때 이 사실을 알았더라면 뭔가 달라졌을까.

7년 전 아버지가 파킨슨병 초기 진단을 받았을 때, 실은 올 것이 왔다는 기분이 먼저 들었다. 처음에는 아버지도 가족들도 실감이 나지 않았다. 완치되지 않고 조금씩 나빠진다는 이 병은 7년 동안 야금야금 우리의 삶으로 들어왔다.

파킨슨병은 도파민을 분비하는 신경 세포가 소실되어 가는 질환으로 초기에는 느린 움직임과 불안정한 자세가 특징이다. 그러다 점차 근육이 강직되고 걷기가 힘들어지며 몸이 흔들리거나 떨림이 심해진다. 유명인 중 무하마드 알리나 마이클 J. 폭스가 파킨슨병 환자로 알려져 있다. 파킨슨병 환자와 가족들은 이 병의 상태를 ON/OFF로 표현한다. 근육이 활성화되고 약효가 있는 ON 상태에서는 걷기도 하고 말도 조리 있게 한다. 그러나 본인도 예측할 수 없게 갑자기 OFF 상태가 찾아온다. 그러면 자리에서 혼자 일어나는 것이 불가능하고 몸을 뒤척이는 것조차 주변의 도움을 받아야 한다. 상태가 나쁠 때는 근육의 강직이 일어나 참을 수 없는 고통이 밀려오며 조금만 주물러도 그 고통은 심해진다. 그렇다고 주무르거나 운동하지 않으면 고통은 더욱 심해진다. 약효나 약의 분량이 잘 맞지 않으면 환각을 보기도 하고 무서운 것들이 자꾸만 눈앞에 나타나기도 하며 꿈과 현실을 구분하지 못한다. 아버지는 매일을 악몽 속에서 살아가는 사람 같다.

미래는 정해져 있다. 파킨슨병은 완치되지 않는다. 시간이 지날수록 약효가 떨어지기 때문에 환자는 점점 일반적인 생활을 영위하기 힘들어질 것이다. 시간은 천천히 그리고 확실히 환자의 생활을 잠식한다. 파킨슨 환자와 가족들은 묵묵하게 그 시간을 건너간다.

우리 가족도 그렇다. 어머니는 무뚝뚝하지만 착실하게 아버지를 돌본다. 매일 발을 주무르고 몸을 씻기고 산책을 돕고 약을 먹인다. 화를 내지만 때마다 계절 음식과 좋은 간식을 사다 먹인다. 나는 어릴 때부터 아버지와 그다지 맞는 편이 아니었다. 하지만 이젠 웃지 않는 공주 앞에 선 광대처럼 아버지를 웃기려 시도한다. 시답지 않은 유머를 찾아내고 어떤 말에도 긍정적으로 고개를 끄덕인다. 그러나 고통은 사람을 나쁘게 만드는 듯하다. 아버지는 예전부터 예쁜 말을 못했고 지금은 더더욱 그렇다. 다행히 나는 아버지의 둔기 같은 말에 상처받지 않을 정도로 용감하다.

정해진 미래는 사람을 쉽게 절망케 한다. 그래서 가끔은 아버지가 아프지 않았다면 어땠을지를 상상한다. 아버지가 아프지 않았더라면 우리는 지금처럼 서로를 잘 들여다보지 않았을 듯하다. 나는 여태 살아오면서 그랬듯 아버지 삶의 이야기에 맞서 싸우고 싶어 했을 것이며, 가시 속에 든 아버지의 이야기가 소중하다고 생각하지 못했을 거다. 그래서 아직은 괜찮다고 생각한다.

수많은 책들, 다른 세상과 용기와 변화에 대한 이야기, SF가 나에게 보여주는 세계와 사랑에 대한 이야기. 이 이야기들이 없었다면 과연 나는 어떤 사람이 되었을까. 다른 세상을 바라보는 이야기들 덕분에 나는 자라났고 현재에 고정되지 않을 수 있었다. 그래서 다행히 아직 많은 것이 괜찮다.

나는 과정을 신나게 살아가려고 한다. 인생에 이런 이야기도, 또 저런 이야기도 있기 나름. 나를 포함한 세상의 이야기와 내 인생의 이야기는 유려하지는 않지만 괜찮은 모습으로 나를 통해 계속 기록될 것이다. 삶과 시간이 계속되는 한.

최우수상

의외의 장소에서 만난
의외의 책들
– 조소영 –

태어났는데 즐길 것 하나는 있어야 해서

책 중독자들은 책의 세계에 집착하다가 사회성을 상실하는 것일까요, 아니면 사회성을 잃었기에 책의 세상에 진입할 수 있었던 것일까요. 이는 덕후의 발생 기전과 상당히 유사한 질문입니다. 사회성이 떨어져서 덕후가 되는지, 덕후가 되고 나서 사회성이 떨어지는 것인지.

저의 경우에는 사회성이 부족해서 책 덕후가 되었습니다. 아마 책에 매달리는 대다수 인간은 다들 비슷하지 않을까요. 또래 집단 내 사교 생활에서 곤란을 겪었던 적이 상당히 많고, 그때마다 책으로 도피해야 덕후가 될 수 있으니까요.

다른 사람들은 어땠는지 몰라도, 제가 책으로 도피한 이유는 간단합니다. 책을 읽기 위해서는 읽고 싶은 '책' 이외의 준비물이 필요하지 않았어요. 편한 자리에 앉아서 책을 펴면 그만. 이보다 짧은 준비 과정이 어디 있을까요.

세상에는 사전 준비를 해야만, 신체적 조건이 허락해야만 즐길 수 있는 놀잇거리들이 상당히 많습니다. 어린아이들이 보편적으로 즐기는 놀이인 공놀이도 예외가 아닙니다. 우선 공이 필요합니다. 뛸 수 있는 몸과 체력도요. 그리고 무엇보다 같이 놀 '친구'가 1명 이상은 꼭 있어야 합니다. 사교성 시험에 합격해야 입성할 수 있는 즐거움의 전당이라니, 정말 괘씸하지 않습니까.

누군가는 다른 놀이의 준비물을 어렵지 않게 구할 수 있었겠지만… 저는 지금도 가장 마지막 것을 구하는 데 어려움을 겪습니다. 어른의 권능을 손에 넣고도 이 모양이니 어릴 때는 오죽했겠습니까? 친구를 사귀고 싶지만 어떻게 해야 할지 몰라 우물쭈물하면 신기하게도 다들 자신의 짝을 찾고… 결국 모두가 단짝을 찾은 교실에서 혼자 우두커니 앉아 있는 어린아이는 대개 한곳으로 향합니다. 도서관이죠.

그러한 연유로 저는 인생의 모든 시기를 책이라는 동반자와 함께하고 있습니다. 삶의 마지막 순간 평생 수집한 책에 깔려 죽거나 무덤에 흙 대신 수집했던 책을 올릴 수 있다면 더할 나위 없이 완벽한 인생이 되겠지요. 도서 시장의 변화와 무연고 묘지에 묻힐 미래를 생각하면 요원한 일이지만요.

물론 사회성 부족자들이 전부 책 중독으로 이어지는 것은 아닙니다. 예전이라면 몰라도 요즘은 사회성 부족은 인터넷 중독과 게임 중독으로 연계되니까요. 그러니까 사회성 부족은 책 덕후의 완성에 마침표를 찍는 것이고, 책 덕후의 포문을 여는 결정적 요인은 타고난 흥미입니다. 가끔 블록이나 자동차, 인형 등 장난감을 쥐여줘도 책을 손에 잡는 아이가 있잖습니까? 이런 아이가 사회성을 미처 기르지 못하면 책 덕후가 되어 버리지요. 이상 자기소개였습니다.

더 자세한 이해를 위해서 교육 과정에 따라 저의 책 사랑 일화를 하나씩 소개하겠습니다.

저는 초등학교 입학 반년 전까지 한글을 떼지 못했습니다. 한글 교습 선생님도 저 같은 애는 처음 본다고 말할 정도로 글을 못 뗐습니다. 어른 3명에게 교차 검증했으니 틀린 말은 아닌 것 같지만, 제 기억은 조금 다릅니다. 어릴 적 유치원에서 혼자 동화책을 읽은 기억이 있거든요. 글을 모르는데 어떻게 책을 읽었는지는 모르지만 분명 책장에 적힌 글자를 쳐다보던 제 시선을 기억합니다. 책을 읽으면서 느꼈던 재미도요. 글을 모를 나이에 책을 읽었다는 느낌을 받은 걸 보아서는 아마 다른 사람이 말해주던 내용을 외워서 책장 넘기는 시늉을 했든가, 그 책에 있는 글자 모양을 통째로 외웠던 듯합니다. 이때부터 책을 사랑하고 있었나 봅니다.

초등학교에 입학해서는 더욱 책에 빠졌습니다. 쉬는 시간 10분 중 7분을 도서관에 쓰고, 수업이 끝난 뒤에는 학교 도서관이 문을 닫는 4시까지 남아서 책을 읽다가 하교했습니다. 학교 마치고 올 때가 됐는데 애가 집에 오질 않는다고 몇 번이나 학교에 전화한 엄마와 전화를 받고 놀랐을 선생님께 죄송한 일이지요. 그래도 나중에는 엄마 역시 적응해서 제가 집에 안 오면 어련히 도서관에 있을 거라 여기셨습니다. 가끔 도서관 문이 닫기 전인 2시쯤 집에 가면 왜 지금 왔느냐고 놀라시더라고요. 여름방학 때는 도서관 가서 책 안 읽느냐고 먼저 물어보기도 하셨습니다. 친구가 없으니 밖에 나갈 일이 없어서 방학 내내 엄마랑 같이 있었거든요. 어른이 되어 보니 엄마도 가끔 혼자 있는 집이 그리웠을 것이라 짐작합니다.

책 많이 읽고 사고 안 치는 아이를 싫어하는 어른은 별로 없었지만 도서부원이던 상급생들은 저를 두고 뒷말을 했었다고 합니다. 직접 들은 소리는 아니고, 말을 전해줄 친구가 있었던 것도 아닙니다. 같은 학교에 다니던 언니한테 들었습니다. 저는 그때 책을 열몇 권씩 서가에서 뽑아다 쌓아 놓고 읽는 버릇이 있었지만 읽고 나서 뒷정리하는 버릇은 없었습니다. 읽다가 물리면 그냥 집에 갔고 책 더미 정리는 도서부원의 일이 되었으니 저를 싫어힐 만합니다. 그 말을 듣고도 한 귀로 흘려 버리고, 쌓아 놓고 읽는 버릇도 고치지 않았던 과거를 돌이켜 보면 친구 사귀기 어려웠던 이유가 따로 없습니다. 남한테 무신경하고 문제를 고칠 생각도 안 하는 이 습성을 또래 아이들이 눈치채지 못할 리가 없죠. 같이 놀고 싶지 않았을 겁니다.

그래서 중고등학생 때도 여전히 도서관 단골이었습니다. 쉬는 시간 10분을 여퉈 내서 도서관으로 뛰어가는 버릇은 사라졌지만, 도서관에서 빌린 책을 쉬는 시간에 읽었습니다. 친구가 없으면 책을 읽으면 되니까요. 그래도 운이 좋아서 친구를 몇 명 사귈 수 있었습니다. 다들 하나같이, 항상 책만 읽는 제 모습에 관심이 생겨서 말을 걸었다고 했습니다. 세상은 넓고 사람의 취향이 다양해서 다행입니다. 책만 읽었는데 친구가 생기다니. 그들은 남과 즐겁게 노는 방법을 알려주었어요. 같은 책을 읽기도 했습니다. 매우 짜릿한 경험이었어요.

그러나 가득 부푼 자의식과 자극에 굶주린 정신을 지탱하기 위해서는 친구와 더불어 현실에서 찾기 어려운 자극이 필요했습니다. 그런 건 책 속의 판타지 세상이 제격이지요. 동화책에서 판타지소설과 로맨스소설로 옮겨 갔을 뿐 독서는 계속되었습니다. 소비 시장을 지탱하는 80 대 20 법칙은 학교 도서관이라고 예외는 아니었기에, 꾸준히 책을 빌려 읽은 저를 학교 사서 선생님이 얼굴을 기억하고 잘해주셨습니다.

책을 업으로 삼은 어른의 관심은 특별히 좋았습니다. 도서부원을 제외하고 책을 읽으러 도서관에 오는 아이들은 몇 없어서, 사서 선생님이 앞으로의 도서관 운영에 대한 의견을 제게 물으셨던 기억이 납니다. 열심히 대답하긴 했는데 얼마나 도움이 되었을지는 모르겠습니다. 그래도 사서 선생님이 서가 자리 마련을 위해 공짜로 나눠주신 책 중 일부는 아직도 본가의 책장에 남아 있습니다.

학교 밖에서도 저는 책을 찾아다녔습니다. 도서관에서 청소년 자원봉사자를 모집해주는 건 어쩌면 저와 같은 인간들을 구제해주기 위해서가 아닐까요? 차 타고 10분 정도 걸리는 도서관에서 도서 정리 활동을 2년 조금 넘게 했습니다. 나중에는 도서관 공익근무요원이 제 얼굴을 외워서 "서가 정리는 이분이 전문가죠"라고 다른 분께 말하는 일도 있었습니다. 그 칭찬 한마디가 얼마나 뿌듯했는지 여태 기억하고 있네요.

도서관 봉사는 책을 많이 만질 수 있어서 좋았습니다. 남는 시간에 책을 읽어도 된다고 허락받아서 더 좋았지요. 처음에 멋모르고 어린이 도서관에서 봉사했을 때는 어린이들이 만화를 어마어마하게 읽는 바람에 만화책을 정리하고 또 정리하다 책 읽을 시간을 내지 못했습니다. 그래서 그 뒤로는 일반 도서관만 갔습니다. 저도 책을 읽고 싶었어요.

일반 도서관도 주말 오후 시간에 한 번 했다가 나중에는 오전 시간만 했습니다. 오후가 되면 책 반납 인원이 몰려들어서 책 읽을 짬이 없었거든요. 오전 시간에는 반납도서만 정리하고 나면 남은 시간 내내 도서관의 책을 읽을 수 있었습니다. 이때 읽은 책 중 지금도 기억에 남는 책이 있는데, 그건 뒤에서 소개하겠습니다.

대충 이런 식으로 자란 인간이 스무 살이 된다고 갑자기 책을 버리고 음주가무 유흥의 세계로 뛰어들 가능성은 적겠지요. 실제로 저는 스무 살 때, 온라인 도서 구매 사이트에서 책을 자유롭게 사는 것으로 어른의 자유를 맛봤습니다. 방구석에서 느낄 수 있는 혼자만의 기쁨이었지만 그거면 충분했습니다. 모두가 성인식을 소음과 알코올 속에서 치를 필요는 없잖아요.

없는 용돈을 쪼개서 책을 사다가 돈이 부족해서 아르바이트를 구하고, 그러다가 첫 직장을 가지고, 인생 첫 만기 적금의 보상으로 100만 원어치의 전자책을 샀습니다. 목돈을 손에 넣고 나니 이 돈으로 책을 사고 싶다는 생각밖에 들지 않았습니다. 100만

원이 뭐가 큰돈이냐고요? 저는 돈이 없는 덕후입니다. 상대적인 지갑 차이를 감안해주세요.

지금도 깨어 있는 시간 내내 읽었던 책과 읽고 싶은 책, 세상에 있으면 좋을 책에 대해서 생각하며 보냅니다. 제가 읽었던 책의 한 주인공은 음식을 아주 좋아해서, 그 이외의 것을 하는 시간은 죄다 먹지 않는 시간을 지루하지 않게 흘려보내기 위한 수단이라고 하더라고요. 저도 마찬가지입니다. 책을 읽지 않을 때 하는 일은, 책을 읽을 수 있는 시간이 될 때까지 공백을 메우고자 하는 일입니다. 가끔 그 시간이 너무 길어지면 인생에 회의가 찾아옵니다.

'내가 왜 이렇게 살아야 하나.'

그만큼 책은 저에게 인생이자 보상이나 마찬가지입니다.

네가 왜 여기서 나와

이렇게 책에 집착하며 살면 자연스럽게 각종 기상천외한 책들과 만나게 됩니다. 바로 이 경험이 지금 쓰고 있는 글의 주제입니다. 돈이 없어서 누군가를 놀라게 할 만한 규모의 일은 저지른 적 없고, 남에게 줄 팁이나 거창한 모험의 경험도 없지만, 자기 좋아하는 거 말하라고 자리를 깔아준 기회를 그냥 놓칠 수는 없어서요. 고심 끝에 꺼낸 가장 큰 이야깃거리입니다.

단순히 책의 내용이 이상해서 기상천외한 책이라고 말하는 것은 아닙니다. 왜냐하면 책의 기상천외함은 책의 내용과 그 책이 있는 자리, 책과 맞닥뜨린 당시 제 상황에 따라 다르게 평가되기 때문입니다. 어른이 되고 난 후 온라인 도서 구매 사이트에서 보는 성인소설이 뭐가 이상하겠습니까? 오히려 좋습니다. 성인 인증을 매년 꼬박꼬박 하는 수고를 왜 감수하겠습니까. 다 합법적으로 야한 것을 보기 위해서 그런 거지요.

그렇지만 중학생이 주말 오전 도서관 봉사를 하다가 우연히 집어 든 책이 성인소설이라면 많이 다르게 느껴질 겁니다. 이게 왜 여기서 나올까요? 기기묘묘한 책과의 만남 첫 번째, 중학생 때 도서관 봉사에서 발견한 야한 소설책들입니다. '들'이라는 단어를 붙인 이유는 그게… 한두 권이 아니라서요.

도서관에서 만난 욕망의 정수

도서관의 800번 책장은 소설책들이 모인 곳입니다. 《해리 포터》, 《나니아 연대기》, 《율리시스 무어》, 《타라 덩컨》, 그 밖에도 다양한 모험이 펼쳐지는 책장입니다. 제가 제일 좋아하는 책장이기도 하지요. 그래서 항상 반납도서 정리가 끝나면 이쪽 책장으로 와서 아무 책이나 뽑아 들고 소파에 앉아 책을 읽었습니다. 우연히 마주친 책의 내용을 무료로 즐길 수 있다는 것이 도서관의 아주 큰 장점이잖아요. 그날도 이 장점을 한껏 누리려고 손 가는 대로 책 하나를 골랐습니다. 아직도 그 책이 생각나요.

왕세자와 궁녀가 등장하는 한국 사극소설이었습니다. 그런데 이제 등장하는 모든 사람이 육욕이라는 하나의 목표만을 향해 달리는.

물론 저마다 목표가 있기는 했습니다. 왕세자는 무사히 정적들의 의심을 물리치고 민생도 잘 아는 왕이 되고 싶었고, 한 궁녀는 승은을 입고 싶었고, 다른 궁녀는 누구의 눈에도 띄지 않고 탈 없이 항아가 되어 은퇴한 뒤 평온한 삶을 살고 싶어 했는데… 목표를 이루는 수단이 단 한 가지인 책이었습니다.

저는 매우 충격을 받았습니다.

'이런 책이 도서관에 있다니?'

그리고 서서 정독했습니다. 작가님이 정말로 글을 잘 쓰시더라고요.

사실 중학생만큼 걸어 다니는 광기이자 성기인 시절도 없잖아요? 허락되지 않은 모든 것의 매력에 홀려서 어떻게든 가지겠다고 안달을 내는 나이대입니다. 게다가 제가 중학생이던 당시는 체벌 금지도 두발 자유도 없는 야만의 시절이었습니다. 인터넷은 당연히 무법지대나 다름없어서 성인소설이 블로그에 텍스트 파일로 버섯이 공유되었습니다. 저는 야만의 시절, 무법지대를 즐겁게 누볐습니다. 텍스트 파일에 쓰인 글도 책이니까요. 마다할 이유가 없었지요.

그래서 책의 내용은 저를 놀라게 하지 못했어요. 제가 놀란 이유는 그 책을 발견한 장소가 도서관이었기 때문입니다. 도서관에는 텍스트 파일로 공유되는 내용의 책이 안 들어오는 줄 알았습니다. 지금이야 물론 이용자가 신청하는 도서를 구매하는 것이 도서관의 시스템이라는 사실을 알지만, 그때는 도서관에는 한 번 걸러진 어느 정도 선을 지킨 책들만 들어올 수 있다고 생각했습니다. 텔레비전에 나오거나 정식 기자와 인터뷰를 하거나 어디서 상을 받은 사람들, 혹은 뛰어난 과학자나 정치인이나 성공한 기업인이 쓴 책 같은 떳떳한 부류들이요. 그 책은 제가 아는 상식을 뛰어넘었습니다.

의외의 장소에서 만난 그 책이 너무나도 좋았습니다. 다음 주에 있을 봉사 시간에도 또 읽고 싶었어요. 대여는 차마 할 수 없었습니다. 사서 선생님과 공익근무요원이랑 안면을 튼 사이였고⋯ 그 책을 들고 집에 갈 수도 없었거든요. 부모님 앞에서 읽을 깡은 없었습니다.

그러나 다음 봉사 시간에 아무리 근처 책장을 배회해도 그 책을 다시 만날 수 없었습니다. 지금도 책에 나온 문장이 뇌리에 선하네요. 맑은 폭포수 옆 난봉꾼으로 소문날 필요가 있는 세자와 기생으로 오해받은 궁녀의 만남.

그러다가 또 한 번 운명의 만남이 이루어집니다. 앞서 말한 책은 아니었지만 역시 독자가 원하는 것은 하나이고, 그 하나의 목표를 위해 등장인물들이 움직이는 책이었습니다. 이번에는 돈 많은 집 망나니 남자와 그 남자의 집에서 청소부로 일하게 된 돈 없고 예쁜 여자가 싸우면서 정드는 현대 배경 연애사였지요. 책에 있는 묘사가 아직 제 머릿속에 생생하게 살아 있지만 여기서는 못 쓰겠습니다. 이 글을 누가 읽을지 모르잖아요. 인터넷 세상의 무법지대는 표면적으로나마 끝났기에 말을 아끼겠습니다.

지금도 도서관에 그 책이 꽂혀 있을지 모르겠습니다. 저 다음에는 어떤 운 좋은 중학생이 또 책을 만났을까요? 부디 그 친구의 취향에 맞았기를 빕니다. 취향에 안 맞는 독서는 기분이 상하니까요.

수상할 정도로 정보가 없는 책

이번에 만난 책을 소개하기 전에 집 얘기를 우선 해야겠습니다. 제가 자란 환경과 직결되는 경험담이라서요.

부모님은 저의 책 중독을 적극적으로 지지하셨습니다. 책을 읽지 않을 때는 책 안 읽느냐고 물어보기도 하셨습니다. 사업을 하셨던 아버지는 판매하는 물건을 출판사 직원이었던 고객의 집에 팔아서 돈 대신 책으로 대금을 받아 오셨습니다. 저는 그 책이 책장에 들어가기도 전에 앉아서 읽으며 좋아했지요. 집에 천장까지 닿는 큰 책장 4개가 책으로 꽉꽉 들어찼습니다. 원래 있던 어른 여자 키 높이만 한 작은 책장 2개도요.

이렇게 책이 많은 집안의 특징이 뭔지 아십니까? 집주인도 집에 어떤 책이 있는지 까먹는다는 것입니다. 책 좋아하는 사람들이 무조건 공감하는 일화는 책을 샀는데 집에서 똑같은 책이 1권 이상 나왔다는 얘기입니다. 그리고 왜 여기 있는지 기억이 나지 않는 책의 존재도요. 이번에 말할 책은 후자에 해당합니다. '이야기 이외에는 아무것도 없는 책'입니다.

집에 한 번에 수백 권의 책이 들어오고 나서 한참 뒤, 저는 읽은 책들만 남아 있는 책장 앞을 어슬렁거렸습니다. 이때까지 한 번도 안 읽은 책은 굳이 꺼내 읽지 않을 시간이 흐른 뒤였고, 특히 좋아하던 책은 너덜너덜해질 때까지 읽은 후였죠. 새로운 책을 찾기 위해서 책장을 맨 위에서 아래까지 찬찬히 훑어 나갈 때 그 책을 발견했습니다.

책 표지가 디자인 트렌드를 상당히 벗어난 투박한 책이었습니다. 책등에 새겨진 제목은 한글 기본 제공 폰트에 굵기 강조를 넣은 듯 각지고 딱딱했고 책날개도 없이 새하얀 마분지 같은 표지로 둘러싸여 있었습니다.

책의 내용은 과연 책등에 새겨진 제목만큼이나 기묘했지요. 당시 세상은 2000년대 후반부를 달리고 있었는데, 그 책은 마치 맞춤법 개정이 이루어지기 오래전에 쓰인 것처럼 '아뭏든', '읍니다', '거여요'로 범벅이 되어 있었'읍니다'. 책 중간중간 삽입된 삽화는 옛날 해외 동화 번역본에 나오는 그림처럼 깔끔하고 가는 선으로 그려진 흑백 소년소녀들이었고 전개되는 내용도 마찬가지였습니다.

'냄비'에서 끊임없이 나오는 맛있는 '고기푸딩(아마 영국의 요크셔푸딩일 겁니다. 이야기의 배경이 영국이었거든요. 그걸 곧이곧대로 푸딩으로 번역한 부분에서 연식이 느껴집니다)'을 먹다가 지친 사람들, 수도꼭지처럼 눈물을 흘리는 정체 모를 소년, 산타클로스의 탄생 계기, 모든 물이 초콜릿으로 변했다가 또 술로 변하게 된 도시 이야기, 개들이 사는 행성에 떨어졌다가 잘 구운 소시지로 구사일

생하는 사람 이야기 등등. 흥미로운 것들이 많았습니다.

그러나 2000년대 후반에 만들어질 법한 소재는 아니었습니다. 재미는 있지만, 유행이 한참이나 지난 이야기들이었거든요. 그렇다고 책의 어투와 촌스러운 겉모습에 걸맞은 시기 출간된 옛날 책도 아니었습니다. 옛날 책이 우연히 집에 들어왔다고 치자니 종이가 하얬습니다. 오래전에 만들어졌다면 종이가 노란색으로 변색되고 하얀 표지는 군데군데 얼룩져 있어야 하는데도요.

게다가 그 책은 이야기 말고는 모든 것이 지나치게 엉망이었습니다. 이야기에 맞지 않는 삽화가 뜬금없이 중간에 튀어나오고, 한 이야기가 끝나기도 전에 다른 이야기의 중간 부분이 나왔습니다. 책을 다 읽고 나서 이야기를 다시 맞춰 봤을 정도였어요. 책의 마지막 장에 으레 있어야 하는 출판사 정보와 출간일 정보, 심지어 가격도 없었습니다. 작가가 누군지도 적혀 있지 않았습니다. 어떤 변방의 문예 소모임이나 영세한 작가가 자가 출판한 책도 아니었어요. 그랬다면 누가 썼다고 딱 새겨 놓을 텐데 그 책은 오로지 이야기, 이것 말고는 아무것도 없었습니다.

가족 중 누구도 그 책이 왜 여기에 있는지 몰랐습니다. 저는 그때 책을 혼자 살 수 있는 돈이 없었고 언니는 책에 관심이 없었습니다. 부모님도 제가 책을 사달라고 가져오지 않으면 먼저 책을 사는 사람이 아니었습니다. 출판사 직원이 대량으로 책을 넘길 때 딸려 온 샘플이라기에는 출판 전문 인력의 손길이 간 게 도무지 믿기지 않을 정도의 편집이었고, 파본이라고 보자니 촌스러운 캐릭터가 새겨진 표지까지 깔끔하게 붙어 있었어요. 이상한 일입니다.

그래서 그 책은 여태껏 저희 집 책장에 자리하고 있습니다. 아직도 종이와 표지를 하얗게 유지한 채로요. 아마 책장이 부서지는 그날에도 책의 정체는 밝혀지지 않을 것 같습니다.

만화방의 가능성

세상에는 간혹 글로 된 책과 그림으로 된 책 중 전자를 더 훌륭한 책으로 치는 사람들이 있습니다. 바보들이에요. 고작 글과 그림이라는 형식의 차이가 책의 고상함을 자동으로 결정지을 수 있다고 생각합니까?! 글로 된 《약 안 쓰고 아이 키우기》 책이랑 만화로 된 《몸에 좋은 계절별 제철 먹거리를 활용한 레시피북》 중 전자가 더 뛰어나겠느냐고요. 내용에 앞서 형식으로 책을 재단하는 행위는 멍청하고 한심한 행위입니다. 그래서 저는 만화책도 좋아합니다. 그렇지만 부모님의 기준에서 학습만화책 이외에 만화책은 《그리스로마신화》 말고는 존재하지 않았습니다. 부모님들이 다 그렇죠.

다행스럽게도 옆 동네에 만화방이 있었습니다. 만화방의 존재를 알게 된 건 사춘기에 접어든 언니의 덕이 컸습니다. 언니는 글로 된 책은 안 읽었지만, 사춘기에 이르면서 순정만화의 세계에 빠져 만화책을 종종 빌려 왔습니다. 언니랑 엄마랑 같이 침대에 누워서 만화책을 보던 시간이 기간 한정이라는 걸 알았다면 좀 더 귀중히 여겼을지도 모르겠네요. 언니는 곧 만화의 세계를 졸업하고 친구들과 함께할 수 있는 다른 놀잇거리를 찾아 나섰지만, 저는 언제나 책 외길을 걸었기에 혼자서도 만화방에 드나들었습니다.

만화방은 요즘의 '만화카페'와는 완전히 다른 곳이었습니다. 만화카페에서는 몇 시간 동안 만화를 곁들인 공간을 제공하며 유료 아이템으로 음식을 팔지만, 만화방은 오로지 만화책만 대여하는 곳이었습니다. 만화책 1권에 300원이면 이틀을 빌려 볼 수 있었고 3일은 500원이었나, 그랬을 겁니다. 신간은 찾는 사람이 많아서 이틀 대여도 500원을 받았습니다. 빌려 간 만화책을 기간 내에 반납하지 않으면 권당 연체료를 물어야 했지요. 중년들이 지나간 학창 시절의 추억을 떠올릴 때 나올 만한 가게입니다. 무려 지금까지도 영업하고 계시지요. 영업 시간은 제가 어릴 때에 비해 반 토막이 났지만요.

의외의 장소에서 만난 의외의 책들

어쨌든 그 만화방에는 만화책, 소설책, 인터넷소설 단행본들이 어마어마하게 많았습니다. 천장까지 닿은 세 겹으로 된 슬라이드 책장이 몇십 개나 있었고 끊임없이 새 책이 들어왔습니다. 그리고 그 책들 속에, 제가 만난 요상한 책이 있었습니다.

책에는 당시 선풍적인 인기를 끌었던 소년만화의 주인공과 동료들이 나왔습니다. 수십 권의 단행본을 모두 탐독한 저는 당연히 그 만화의 특별편이라 생각하고 책을 집었습니다. 제가 못 본 설정집이나 외전인 줄 알았습니다. 만화방에서 두꺼운 설정집도 같이 대여했거든요. 하지만 이상하게도 그들은 제가 이전까지 봤던 전개와 묘하게 다른 배경에서 이야기하고 있었습니다. 최신권의 그들은 거대한 세계를 향해 거침없이 나아가는 중이었는데 책의 배경은 그들이 막 모험을 시작할 때 나올 법한 곳이었지요. 얼굴도 원래와는 조금 달랐습니다. 의아함에 책장을 좀 더 넘겨 보니, 두 사람이 입을 맞추고 있더라고요. 소년만화답게 주인공은 남자, 동료도 남자였습니다.

예, 그 물건의 정체는 동인지였습니다. 그것도 물 건너 일본에서 들어온 동인지. 국내에서 발간된 건 아닌 게 책 뒤편 정보에 번역자 이름이 있었습니다. 집에서 발견한 수상한 책과 달리 출판사 정보에 초판 인쇄 일자, 가격, 표지까지, 뭐 하나 흠잡을 곳 없이 정식 출간된 책의 요소를 갖추고 있었습니다. 도서관에서 하나의 목적에 충실한 책을 발견했을 때와는 또 다른 충격이 몰려왔습니다.

'이게 여기 있어도 돼?'

만화방은 굉장히 다양한 종류의 책을 갖춘 곳이었기에 성인만화나 소설도 물론 있었고, 청소년 관람 불가 동성연애 책도 책장 2개를 꽉 채울 정도로 있었습니다. 저도 덕후답게 이미 그 나이에 BL(Boys Love, 남성 간 사랑을 주제로 한 장르)의 존재를 인지했지요.

하지만 이건 센세이션이었습니다. 무려 본편 옆에 당당히 자리한 동인지라니요. 그런 게 팔릴 수 있는지, 정식 출간될 수 있는지 몰랐습니다. 저는 맹렬하게 그 책을 전부 읽어 보고 싶었지만, 미처 손대지 못하고 씁쓸히 발길을 돌려야 했습니다. 왜냐하면 만화방 주인아주머니가 이미 제 얼굴을 외우고 계셨고, 그 동네에는 엄마 친구 아주머니들이 많이 살고 계셨습니다. 어디선가 소문이 나면 엄마가 어떤 반응을 보일지… 책 많이 읽는 아이답게 저는 걱정이 많고 일어날 가능성이 현저히 적은 쓸데없는 상상까지 실감 나게 할 수 있었습니다. 결국 책을 빌리지 못했고 그 뒤에도 몇 번 같은 자리에 있는 책을 보고도 내용을 알지 못한 채 어른이 되었습니다.

보지 못한 동인지가 어떤 영향을 주었는지 정확히 가늠할 수

의외의 장소에서 만난 의외의 책들

는 없지만… 저는 만화책과 동인지에 거금을 투자하는 어른이 되었습니다. 어린 시절에 해소하지 못한 욕망은 대체 언제쯤 바닥을 보일까요. 어쩌면 바닥은 진작 보았고 심연을 스스로 개척하고 있는지도 모르겠습니다. 덕후들이 다 그런 것처럼요.

책은 죽지 않아

그 밖에도 기묘한 책들과 많이 만났습니다. 집에 있는, 부모님 중 한 분이 미혼 시절 구매하신 것으로 추정되는 금고털이범의 옥중소설이나(도서관에서 만난 것에 버금가는, 솔직히 그보다 더한 정념이 적나라하게 서술된 소설이었습니다. 대체 왜 그것이 자식이 글을 읽을 나이가 될 때까지 남아 있었는지 모르겠지만 일단 저는 좋았습니다) 학교 도서관에서 만난 악마 소환 흑마술/점성술 책과 1980년대 후반 해적판으로 국내에 무단 수입된 모 만화의 소설판 초판본, 병원과 약에 의존하지 않은 자연치료를 주장하다가 치료가 늦어지는 바람에 병으로 병원에서 죽은 대체의학 신봉론자의 과학서적, 2000년대 초반 어떤 이의 블로그 에세이(한 정치인이 섹시하다는 이유로 투표하면 안 되냐는 감성글이 기억에 남았습니다) 등등. 기상천외한 책들이 제 성장 과정과 함께했습니다.

하지만 이것도 다 과거의 일입니다. 지금도 의외의 책들이 의외의 장소에서 사람들을 기다리겠지만 저는 더 이상 만날 수 없습니다. 이제는 도서관에 가지 않고, 오프라인이 아니라 온라인 시점에서 전자책을 주로 사기 때문입니다. 시대가 변했고 책을 소비하는 방식 또한 변했으니까요.

어린 제가 종이책을 자유롭게 볼 수 있었던 건 부모님이 그분들의 공간을 너그러이 허락해주셨기 때문임을 독립한 다음에 실감했습니다. 좁은 집일수록 종이책은 아무리 심금을 울리고 영혼을 뒤흔드는 내용을 담고 있어도 짐덩이로 전락할 수밖에 없습니다. 강경 종이책파였던 저마저 종이 책장을 넘기는 감각을 아이패드 화면 터치로 대체한 지 오래입니다.

자연히 책과의 만남 또한 우연이 아니라 엄중한 면접을 거쳐 선발된 합격자들과의 만남이 되었습니다. 어른이 되어 벌이도 쏨쏨이도 커졌는데 책 가격도 제가 자라는 동안 같이 자랐더군요. 중고서점에서 책 1권 마음 놓고 고르기 힘들어졌습니다. 5만 원권이 나왔지만 지폐 한 장으로 살 수 있는 책의 수는 오히려 옛날보다 줄어들었습니다. 하물며 중고서점도 그런데, 새 책이라면 3권도 아슬아슬합니다. '이 돈이면 전자책이 몇 권이야?'라는 생각을 서점에 갈 때마다 하게 됩니다. 그러면서도 1권은 꼭 들고 집에 돌아오지만요. 아직 정신을 못 차렸습니다. 덕질 대상 앞에서 이성을 유지하는 덕후는 드무니 방도가 없지요.

어릴 때의 즐거운 추억을 가지고 돌아본 고향이, 옛날 집이, 과거가 어른의 시선으로는 너무나 초라해 슬펐던 경험, 다들 있으신가요. 저는 그 감성을 출판 시장을 볼 때마다 느낍니다. 업계 종사자도 아닌데 지나치게 과한 감정이라고 생각하면서도 어쩔 수 없습니다. 지난해보다 나빠진 올해, 올해보다 나쁠 내년을 지켜보는 울적함은 조소 한 번으로 날려 버리기 어렵습니다.

대형 서점이 도산하고, 어릴 때부터 다녔던 역 주변의 서점 세 곳 중 두 곳이 사라졌습니다. 그 빈자리를 보면서 추억에 도사린 불황의 기운을 느낍니다. 이제 아무도 책에서 지식과 진실, 재미와 카타르시스를 찾지 않고, 몇백 페이지의 이야기를 따라가면서 결말을 보고 싶어 하지도 않는 것 같아요. 원하는 사람이 없으니 시장이 줄어들고 시장이 줄어드니 새로운 유입자가 있을 수 없지요. 골수 독자들이 지탱한다지만 한 사람이 일당백 하는 사업이 정상적으로 굴러갈까요. 결국은 약속된 몰락의 길로⋯.

물론 제 망상이고 착각입니다. 사람들이 이야기의 재미를 갑자기 포기할 리가 없습니다. 지금 그 어느 때보다 많은 작가들이 새로운 시장에서 치열하게 자신이 만들어 낸 이야기로 승부를 보고 있습니다.

결국, 책의 몰락이 아니라 '종이책'의 위치 변화라고 생각합니다. 마구 다룰 수 있는 종이 뭉치에서 귀하게 모셔질 몸으로의 신분 체인지랄까요. 물론 옛날에도 어떤 책은 보석처럼 귀하게 모셔졌지만, 앞으로는 종이책 대부분이 귀하신 몸이 될 것 같습니다. 사치품 중의 사치품이 되는 겁니다. 지금도 많은 베스트셀러들이, 취합된 웹 연재본과 작가가 특별 제작한 굿즈 형태로 묶여 함께 팔리고 있으니까요. 독자들은 무형의 글과 만화를 즐기다가 실물로 그것을 소유한다는 개념으로 책을 삽니다. 아예 기념품처럼 독자들이 십시일반 투자한 돈으로 제작되는 경우도 많습니다. 책은 그 내용이 아니라 예쁜 겉모습과 완전한 소유감의 증거로서 기능하는 거죠.

그렇지만 이 또한 역사의 흐름 아닐까요. 옛날, 책은 귀족들의 사치품이었습니다. 글을 아는 사람이 적었고, 책을 한 자 한 자 손으로 베껴 쓰는 일을 전담하는 업자가 있었습니다. 그런데 글자를 찍어 낼 수 있는 활자가 발명되자 판이 변했습니다. 그리고 몇몇 지식인들은 격렬하게 판도의 변화에 반대했습니다. 그들이 당시 한 주장은 지금도 책에 박제되어 역사로 남았습니다.

'지식은 손에서 손으로 전해지는 것이다! 활자로 찍어 낸 글씨에는 영혼이 없다! 이것은 타락이다!'

어쩌고저쩌고. 블라블라. 이제 와서 보면 이만한 헛소리도 없지요.

아마 그들에게 현재 책이 어떻게 생산되고 유통되는지 보여주면 그 자리에서 까무러쳐 주님의 곁으로 가지 않을까요. 하느님을 애타게 부르짖었던 사람들이니 최고의 선물일 겁니다.

저는 저들처럼 역사에 남고 싶지 않다는 작은 소망이 있습니다. 시대에 뒤떨어진 인간의 대표적인 예시로 박제되고 싶지 않아요. 과거의 제가 종이책에 얼마나 애틋한 감상을 품고 있었는지는 뒤로하고, 열심히 시대의 변화에 발맞춰 즐거운 독서 활동을 계속하고 싶습니다.

사실 이미 앞에서 말했듯이 전자책 독서에 열중하고 있습니다. 부동산과 지갑의 강력한 압박으로 종이책에서 전자책으로 갈아탄 지 3년인가, 되었습니다. 지난해에 온라인 도서 구매 사이트에서 이제까지 제가 채운 가상의 책장이 집에 있는 책장보다 많다고 친절하게 통계로 알려주었습니다. 지나친 친절이지요…. 올해는 얼마나 샀을까요. 별로 알고 싶지 않습니다. 내가 돈 벌어서다 어디에 썼는지 굳이 구체적인 수치로 확인받아야 할까요? 정신 건강에 좋지 않은 행위 같아요!

그렇지만 이 글을 읽을 여러분의 덕질도 딱히 다르지 않을 것 같아서 안심입니다. 다음 질문을 보고 자신에게 해당하는 질문에 답해 보세요.

당신의 피규어 진열장은 올해 초와 비교하면 얼마나 늘어났나

조소영

요? 아이돌 덕후라면 앨범과 포토카드는요? 다이어리 꾸미기가 취미라면 마스킹 테이프와 스티커, 펜의 개수는 얼마나 늘어났나요? 사서 한 번도 안 쓴 새 제품은 몇 개나 쌓여 있나요? 만년필 덕후라면 얼마나 많은 새 펜과 잉크를 들였나요? 다 쓴 잉크병은 몇 개입니까? 뮤지컬 덕후라면 온라인 예매 사이트의 구매 이력이 몇 페이지나 됩니까?

돈이 쭉쭉 빠져나간 생생한 증거를 확인한 후 몰려오는 씁쓸한 마음을 이렇게 한번 대전환해 볼까 합니다.

올 한 해 동안 당신이 좋아한 것이 당신에게 얼마나 흔적을 남겼나요?

연말정산 삼아 되돌아보는 시간을 보내는 것도 나쁘지 않을 겁니다. 구매 이력을 까 보면 일단 비명과 한숨부터 나오겠지만, 그건 늘 그랬잖아요. 여름에 봐도 겨울에 봐도 언제나 똑같이 놀랐을 겁니다. 그러니 자책과 후회는 짧게 끝내고 찬찬히 훑어봅시다. 올 한 해 내가 덕질로 어떤 추억을 쌓으면서 얼마나 즐거웠는지.

어차피 우리 모두 행복하자고 좋아하는 거고, 기쁘자고 덕질하는 거니까요.

그럼, 저는 제 까다로운 기준을 통과한 책들을 즐기기 위해 이만 가 보겠습니다. 행복하십시오. 그리고 저랑 같이 책 읽어주세

의외의 장소에서 만난 의외의 책들

요. 아무거나 좋아요. 일단 마음에 드는 책을 고르고 좋아하는 장소에 앉아서 책장을 넘기면 그때부터 시작입니다.

내년에 서점에서 만날 당신을 기대할게요.

우수상

아줌마인데요,
여성 아이돌 덕후입니다

— 김창경 —

내 인생을 사로잡은 언니들

"비비 하면 떠오르는 가수는 듀오입니까, 솔로입니까?"

요즘 유행하는 '나이 판별' 아이돌 퀴즈가 있다.

당신은 위 질문을 들으면 어떤 가수가 떠오르는가?

눈 아래 매력적인 점을 찍은 솔로 여가수? 아니면 여성 2명으로 이루어진 댄스 그룹?

전자라 대답했다면 축하한다. 당신의 정신 연령은 Z세대에 속한다.

후자라면 더 좋다. 나와 당신은 그보다 조금 더 긴 세월을 함께

한 동지다.

비비를 언급한 이유는 내가 아이돌 덕후이기 때문이다. 더 정확히 고백하자면 '여성 아이돌'을 좋아한다. 요즘에는 '멋있으면 다 언니'라는 말을 쓰며 여성이 여성을 리스펙트하는 분위기가 만연한데, 나의 10대 시절만 해도 거의 모든 여자아이들은 여성보다 남성 아이돌에게 열광했다. 그러나 나는 일찍이 중학생 때부터 여성 아이돌의 멋짐을 알아차리고 리스펙트하며 덕질의 기쁨을 누렸다.

이런 나의 여성 아이돌 덕질 이야기는 〈응답하라 1997〉에서 시작된다.

첫사랑아, 미안. 사실 비비가 내 첫사랑이었어

"땅끝 땅끝도 하늘 별끝 별끝도 난 너를 따라갈 준비 돼 있어. 내게 와. 가까운 곳에 이렇게 니가 원하던 너만을 위한 그런 여자 있잖아."

중학교 1학년이던 1997년, 보현이와 절친이 된 것이 '덕질 역사'의 시작이었다.

보현이와 나는 중학교에 입학하자마자 자연스럽게 친구가 되었다. 보현이는 혈기 왕성한 또래 아이들처럼 매우 천진난만하고 활발했는데, 춤추는 것도 즐기고 노래방도 엄청 좋아했다. 중고등학교 때 쉬는 시간이 되면 무조건 교실 뒤에 집결해 당시 유행하는 춤이란 춤은 다 따라 하는 친구가 반에 꼭 1명쯤은 있었을 것이다. 애들끼리 노래방에 가면 마이크를 지 혼자 잡고 놓지 않는 친구도 1명쯤 있었을 것이다. 바로 그 친구가 보현이였다. 보현이는 우리 반을 대표하는 가수였다.

당시 어마무시하게 유명했던 콘서트가 있었다. 이름하여 '드림 콘서트'. 잘나간다는 아이돌이나 가수는 1년에 한 번 이 드림콘서트 무대에 올랐다. 따라서 드림콘서트를 직관한다는 것은 (아마도) 거의 모든 중고교생들의 꿈이었다. 물론 나는 빼고.

나는 텔레비전보다 책 읽는 것을 훨씬 더 좋아해서 특별히 노래나 아이돌에 관심이 없었다. 마치 사랑을 알기 전의 무지한 상태였다고 할까. 보현이의 적극적인 리드로 난생처음 콘서트를 가게 되었다. 그 드림콘서트에! 잠실 주경기장이란 곳도 처음 가 봤다. 알다시피 콘서트에 가기 위해서는 학교를 째야 한다. 왜? 좋은 자리를 차지하기 위해 일찍 줄을 서야 하니까! 콘서트도 처음,

학교 땡땡이도 처음이었던 나는 심장이 쫄깃하다 못해 밖으로 나오기 일보 직전이었다. 쫄보 내향인의 엄청난 도전이었다.

그런데 본 공연까지는 6시간이나 기다려야 했다. 내 앞에는 또래로 보이는 수많은 소녀팬들이 끝도 없이 늘어져 있었고, 팬클럽 지정 색에 맞춘 갖가지 풍선을 들고 다 함께 합창하는 진풍경이 펼쳐졌다. 이제 와 돌이켜 보면 나도 나지만 '어린 나이'가 참 대단한 것 같다. 누군가를 좋아한다는 그 마음 하나로 다리가 아픈 줄도 모르고, 목이 쉬는 줄도 모른 채 행복에 취해 종일을 줄 서서 기다리다니 말이다.

그때 가장 인기가 많았던 아이돌은 이름도 전설적인 H.O.T.였다. H.O.T. 팬들은 일사불란하게 착착 착석하는 중이었다. 당시 팬덤은 회장을 비롯한 운영진의 주도하에 하나가 되어 움직이는 규율이 있었다. H.O.T. 팬덤은 엄청나게 커다란 구름처럼 형성되어 그곳을 뒤덮었다(H.O.T.의 풍선은 흰색이었다). 나와 보현이는 H.O.T. 팬이 아니었기에 어디에 앉아야 하는지 몰라서 입장권만 들고 우물쭈물하고 있었다.

어쩔 줄 몰라 얼굴이 홍당무가 되어 갈 때쯤, 대학생 정도로 보이는 행사요원이 우리를 발견하고는 "야! 너네 저리루 가"라며 귀찮은 듯 안내를 해줬다. 손가락이 향하는 곳으로 가 보니 어쩔,

무려 맨 앞줄의 VIP 좌석이었다. 이게 웬 횡재냐 싶어 바로 엉덩이를 바닥에 깔고 자리를 잡았다. 지금 생각해 보면 행사요원은 우리 같은 팬덤 '쪼렙' 아이들이 어물대고 있으니 구석 자리로 가라는 뜻이었는데, 우연히 그쪽이 VIP 초대 좌석과 통로가 같은 곳이었던 것 같다. 덕분에 우리는 맨 앞에 앉아서 신나게 공연을 관람할 수 있었다.

심지어 앞에서 세 번째 자리. 무대 옆쪽이었지만 오히려 좋았다. 무대에 올라가기 전 가수들이 대기하는 곳이 훤히 보였기 때문이다. 나는 무대 차례를 준비하는 연예인을 생전 처음 가깝게 볼 수 있었다.

반짝반짝.

무슨 사람들이 이렇게 빛나지? 연예인을 처음 본 감상이었다.

드림콘서트는 뒤로 갈수록 인기가 많은 아이돌이 공연하는 구조였다. 따라서 앞쪽에 등장하는 가수들은 별로 인기가 없다는 증거였다. 콘서트가 시작하자마자 무대 옆으로 어떤 2명의 여성이 마이크를 들고 나타났다. 책만이 인생의 즐거움이라고 생각한 우물 안 중학생이었던 나는 진한 화장에 화려한 무대 의상을 차려입은 여성 아이돌을 보고 첫눈에 반해 버렸다.

그녀들은 〈하늘땅 별땅〉이라는 노래로 빤짝 인기를 얻은 '비비'라는 그룹이었다. (MZ세대여, 안타깝게도 여기서 말하는 비비는 그 비비가 아니다.) 무대를 준비하는 비비는 큰 키에 비해 얼굴이 너무너무 작았다. 그 작은 얼굴에 어떻게 눈코입이 들어가 있는지 신기할 정도였는데, 이목구비가 시원시원해서 화려한 분위기를 풍겼다. 거기에 반짝이며 빛나는 흰색 롱드레스를 입고 팔꿈치까지 올라오는 긴 장갑을 끼고 있었다.

첫사랑과의 첫 만남을 떠올려도 이보다 생생하지는 않을 것 같다. 아직도 우리 언니들, 비비를 처음 봤을 때가 또렷하게 떠오른다. 비비는 마치 8등신 인형이 사람이 된 것처럼 예뻤지만 사실 그보다 더 엄청난 카리스마가 시선을 압도했다. 긴장을 한 듯 손을 비비면서도 확신에 차 있는 눈빛, 곧게 세운 자세와 당당한 걸음걸이, 크게 미소지으며 찢어진 입매는 멋진 걸 넘어 부러울 정도였다.

눈을 뗄 수가 없었다. 나는 지나치게 소심한 성격 탓에 낯가림이 심해서 사람을 마주치거나 만날 때면 늘 엄마나 친구 뒤에 숨는 편이었다. 길을 갈 때도 바닥만 보고 걸어서 엄마에게 자주 혼나기도 했다. 그래서 누군가를 그렇게 오랫동안 집중해서 쳐다본 적이 없었는데, 언니들은 단번에 내 고개를 빳빳이 들게 만들어 줬다.

'스스로에게 자신 있다는 건 저렇게 멋진 거구나.'

넋이 나간 바보 같은 얼굴로 보현이에게 "저 언니들 진짜 이쁘지 않냐?"라고 귓속말하며 사진을 찍어달라고 했다. 보현이는 엄마 몰래 가져온 무려 '니콘' 카메라로 비비를 찍기 시작했다. 당시 카메라는 줌 기능이 신통치 않아서 사진이 선명하게 나오지는 않았다. 그녀들은 사진 찍는 걸 알았는지 갑자기 우리를 보며 손을 살랑살랑 흔들어줬다. 그 예쁜 모습에 홀랑 감동해서 일생의 다짐을 하게 되었다.

'아! 이제부터 나는 비비의 팬이 될 거야. 매일 언니들을 보러 올 거야!'

하지만 이런 열정은 제대로 타오르지도 못한 채 곧 꺼져 가는 불씨가 되었다. 왜냐하면 인기가 많지 않은 가수는 스케줄이 적었기 때문이다. 만나고 싶어도 만날 수 있는 자리가 거의 없다는 사실을 알고 크게 상심했다.

이후 주말마다 음악방송이 시작되는 시간이면 아빠가 사수하는 리모컨을 빼앗아 텔레비전 앞에서 진을 쳤다. 그러나 하늘이 허락하지 않는지 언니들의 모습을 거의 볼 수 없었다. 할 수 없이 문방구에서 산 잡지에 나온 언니 인터뷰를 달달 외울 정도로 읽고 또 읽었다. 인터넷도 없던 시기라 음반사 사장님에게 알아낸 정보로 비비가 출연하는 한 축제 행사에도 찾아갔지만, 처음 봤을 때처럼 가까이에서 보는 것은 불가능했다. 얼굴이 땅콩만큼 작아 보이는 거리에서 열심히 즉석카메라의 셔터를 눌러 봤자 현상한 사진은 언니들의 아름다운 얼굴을 추상화처럼 만들어 보여 줄 뿐이었다.

이런 일이 반복되며 나는 곧 매우 의기소침해졌고, 비비도 방송에 나오지 않게 되었다. 언니들은 한철의 벚꽃처럼 아름답게 꽃피우고는 금세 떠나갔다. 시간이 흘러 변덕이 심한 중학생답게 나는 자연스레 비비를 잊었다. 일생의 다짐을 지키지 못해 미안한 마음이 많이 들었지만 그보다 고마운 마음이 더 컸다.

비비 언니들 덕분에 누군가를 맘껏 좋아하는 감정을 처음으로 배웠으니까. 좋아하는 사람을 응원하는 일이 얼마나 즐겁고 행복한지도 알게 되었다. 그리고 당당하게 고개를 들어도 괜찮구나, 아니 오히려 더 좋은 행복을 발견할 수 있구나, 하는 작은 깨달음까지 얻었다. 나의 조용한 일상에 기적을 보여준 언니들에게 진심으로 감사한다.

당신에겐 여름밤을 떠올리게 하는 노래가 있는가?

"망설이지 마. 그렇게 애태우지 마. 아주 조금씩 내게 다가와 주기를 바래. 나만의 사랑아."

짧은 봄이 지나고, 뜨거운 여름이 다가오고 있을 때였다. 친구 보현이는 그때쯤 핑클의 팬이 되어 방송국을 수시로 들락거렸다. 보현이는 내게 "신세계를 보여주겠다"며 공개방송을 가자고 꼬셔 댔다.

처음 문턱을 밟은 공개방송은 정말 콘서트와는 또 다른 세계였다. 핑클의 팬들은 당연하게도 대부분 남자들이었다. 2열 종대 혹은 4열 종대로 앉아 공개방송이 시작할 때까지 목이 터져라 응원 구호를 외치거나 떠들지도 않고 정자세로 가만히 앉아 있었다. 대체로 시끄러운 남성 아이돌 팬클럽 사이에서 대비되어 오히려 눈에 확 띄었다. 아직은 이성이 부끄러운 나이였기에 나는 핑클 팬들과 살짝 떨어진 옆에 앉아 어서 방송이 시작되기만을 바랐다.

공개방송 일주일 전쯤이었나, 친구가 무선호출기 '삐삐'의 배경음악으로 요즘 가장 인기 있는 노래를 설정해 놨다며 들어 보라고 했다. 공중전화에 동전을 넣고 친구의 번호를 누르자 신나는 선율의 가요가 흘러나왔다.

"아직 너만은 절대 포기 못 해~ 여기까지 와 그냥 갈 수 없어~ 나의 천사인 걸 알아."

배경음악은 유피(UP)의 〈뿌요뿌요〉였다. 참고로 UP는 당연히 '업'이 아니라 '유피'라고 읽는다. 남자 2명과 여자 2명으로 이루어진 혼성 그룹 유피는 하우스 장르의 댄스곡으로 인기몰이를 하고 있었다. 신나는 음악 자체도 좋았지만, 유피에게 푹 빠지게 된 계기는 중성적인 매력을 가진 래퍼 정희 언니 때문이었다. 보통의 여성 아이돌과는 다르게 정희 언니는 커트 머리에 요즘 말로 하면 '잘생쁨'의 표본이었다.

금사빠(금방 사랑에 빠지다)는 아니지만 이번에도 보기 좋게 첫눈에 반해 버렸다.

'같은 그룹 남자 멤버들보다 더 잘생겼는데 여자라니 너무 멋지잖아!'

뭐랄까 속 깊은 곳에서부터 막힌 부분이 뻥 뚫리는 기분이었다. 중학교에 들어가고부터 엄마는 묘하게 사사건건 내 행동에 대해 잔소리를 했다. "다리 벌리고 앉지 마. 네가 남자니?", "머리 좀 예쁘게 묶어. 누가 널 여자애로 보겠니", "아휴, 옆집 누구는 딱 참하고 예쁘던데, 넌 도대체 왜 그래", "뛰지 말고 쫌 조신하게 걸어 다녀" 등등.

엄마의 잔소리는 나를 답답하게 만들었다. 단순히 혼나서 기분이 나빠진 게 아니라 진짜 가슴 언저리가 답답했다. 그러다 우연히 유피를 알게 되었다. 정희 언니의 자유분방한 행동과 여성성에 얽매이지 않는 듯한 모습이 그렇게나 멋져 보일 수 없었다. 그래서 엄마에게 머리를 다듬으러 미용실에 갔다 온다고 한 후 나도 언니처럼 머리를 싹둑 잘랐다.

난생처음 시도한 쇼트커트는 목 뒤로 바람이 휑 하고 지나갈 때마다 어색해서 손으로 슥슥 문질러야 했다. 그러나 가벼워진 머리카락 무게만큼 마음도 가벼워졌다. 물론 그날 집에 들어가서 엄마한테 또 혼나야 했지만 말이다. 카세트테이프로 유피의 노래를 돌려 들으며 나는 두 번째 사랑에 전력을 다할 준비를 하고 있었다.

이번에는 머리가 조금 컸다고 대담하게 유피의 팬클럽인 이지스에 들어가 기웃거렸다. 유피의 팬들은 중학생과 고등학생이 대부분이었는데, 그 수가 많지는 않았기에 팬들끼리 금방 친해졌다. 우리들은 학교가 끝나면 부리나케 방송국 앞으로 달려가 팬들과 함께 유피에 대한 예찬을 죽 늘어놓고, 같이 음악을 듣거나 노래를 부르기도 하고, 서로 방송국 관람을 도와주거나 정보를 공유했다. 또 유피의 공연을 보기 위해 낯선 곳으로 여행을 떠나기도 하고, 언니가 시험 잘 보라고 해서 열심히 공부하기도 했다. 드디어 나도 다른 아이돌 팬들처럼 유피의 상징색인 파란색도 아니고 하늘색도 아닌 풍선을 흔들고 목청껏 외치며 그들을 응원하게 되었다.

그렇게 방송국에 드나들다 보니 자연스레 유피의 팬클럽 회장

아줌마인데요, 여성 아이돌 덕후입니다

과 안면이 생겼다. 회장 언니는 우리들이 응원을 잘해주고 있다면서 몰래 한 멤버의 집 위치를 알려주었다(물론 이러면 절대 안 되는 일이지만, 당시에는 이런 분위기가 만연했다는 구차한 변명을 해 보겠다). 최애 정희 언니의 집이었다. 나는 철이 없게도 흥분과 설렘을 참지 못하고 또래 팬들과 우르르 모여 언니네 집을 찾아가기로 했다.

정희 언니의 집은 신사동에 있었다. 학교가 끝나자마자 교복도 벗지 않은 채 신사동으로 달려갔다. 막상 도착해 보니 처음 온 부자 동네가 낯설기도 하고, 이제 어떻게 해야 하나 서로 눈치만 보고 있을 때였다. 갑자기 무리 중 누군가가 벨을 눌렀고, 집 안에서 언니의 어머니가 나오셨다. 초인종을 누른 그 아이는 낯가리는 기색도 없이 그분께 인사를 하며 말을 걸었다.

"안녕하세요, 혹시 정희 언니 있어요?"

"어머, 너희들 정희 팬이니?"

언니의 어머니는 무척 친절하셨다. 몹시 놀라셨을 텐데 교복 입은 아이들이라는 것을 알고는 집으로 들어오라고 하셨다.

"들어와, 다들."

우리는 팬이라는 것도 망각한 채 어머니의 손에 이끌려 집으로 들어갔다. 모든 것이 신기했다. 어머니는 놀랍게도 정희 언니의 방을 구경하게 해주시고, 심지어 짜장면도 시켜주셨다! 정희 언니의 방은 얼굴만큼 깨끗하고 또 예쁜 걸 넘어 멋있었다.

하나 더 생생하게 기억나는 것은 당시 의상에 맞춰 미국에서 운동화를 사 왔다며 보여주셨는데, 신기하게도 300밀리미터가 넘는 거대한 신발들이 방 안에 진열되어 있었다. 한국에서는 구하기 힘든 메이커 운동화인 것 같았다. 그 시절 무대 의상의 주류는 힙합이어서 바지통도 상상 이상으로 컸고, 또 바지에 맞춰 신발을 신었기 때문에 가수들은 제 발보다 배는 될 것 같은 매우 큰 운동화를 신었다. '언니는 저리 큰 신발을 어떻게 신고 춤을 추지?'라는 궁금증이 샘솟았다.

그렇게 정희 언니의 방을 구경하고 있을 때 박상후라는 남자 멤버 한 명이 우연히 집으로 놀러 왔다. 박상후는 정희 언니의 같은 반 친구이기도 해서 자주 놀러 온다고 했다. 가수로 데뷔했지만 우리 또래였던 그는 팬들이 있어 당황했는지 갑자기 컴퓨터를 켜고는 그림판에 그림을 그려 보여주었다.

정희 언니 얼굴, 사슴, 강아지…. 그림을 그리며 애썼지만 고요한 침묵 속에서 우리는 서로 많이 어색했다. 아마 그는 귀엽게도 자기 나름의 팬 서비스로 우리와 이야깃거리를 만들고 싶어 했었던 것 같다. 내 기억 속 그는 연예인이라고 척하지 않는 착한 아이였다.

다음 앨범이 나왔을 때는 유피의 멤버가 바뀌었다. 김용일이 탈퇴를 하고 훗날 〈안녕, 프란체스카〉라는 시트콤에 나와 인기를 끈 이켠이라는 멤버가 영입되었다. 이름이 특이해서 기억하는 사람도 있을 것 같은데, 지금은 베트남에서 성공적인 커피 사업가가 된 그분이다.

이후에 정희 언니 어머니께서 노래방을 개업하셨고 팬들은 너나 할 것 없이 개업 기념식 겸 유피 사인회에 놀러 갔다. 거기서 이켠을 처음 보았는데 잘생기고 밝은 분위기의 훈남이었다.

이후 고등학교에 진학하면서, 자의적 타의적으로 공부에 집중하다 보니 유피를 보러 다니기 어려워졌다. 밤늦게까지 라디오를 듣거나 음악방송 한 편을 끝까지 보는 것도 허락되지 않는 대한민국의 고등학생이 된 것이다. 학교와 학원을 전전하던 어느 날 유피가 해체했다는 소식을 전해 들었다. 그날은 종일 공부에 집중할 수가 없었다. 마치 소중했던 무언가를 과거에 떼어 놓고 온 기분이었다.

유피를 처음 만난 여름날의 날씨만큼 그들과 함께했던 나의 그 시절은 무척이나 뜨거웠다. 좋아하는 가수를 보고자 방과 후 달려가는 발걸음은 체력장에서 1등을 할 수도 있을 만큼 빨랐고, 마음은 세차게 쿵쾅거렸으며, 얼굴은 늘 붉게 달아올랐으니까.

많은 경험과 새로운 세계를 선물해준 그들이 지금도 여름이 되면 떠오른다. 여름을 맞이하는 나만의 의식처럼 유피의 〈뿌요뿌요〉를 듣는다. 후배나 직장 동료들은 내 차에서 흘러나오는 유피의 노래를 들으며 "아저씨야, 뭐야"라고 종종 질색을 하지만, 그런들 어찌하리. 아마도 70이 되고 80이 되어도 나는 여름만 되면 이 노래를 들을 것 같다.

멋진 언니들의 등장은 지구의 축복

나는 어느새 아줌마가 되었다. 나이를 먹을수록 누군가를 좋아하는 일이 쉽지 않다. 고등학생 때는 대학을 가야 하니까, 대학생때는 취업을 해야 하니까, 취업을 하니 야근이 끝이 없었다. 이제는 먹고 살기 바쁜 것도 있지만, 주변에서 보내는 따가운 시선들때문에 누군가를 좋아해도 드러낼 수가 없다.

"아니, 몇 살인데 아직도 아이돌을 좋아해", "아이돌이 밥 먹여주냐?", "돈 XX한다", "너 40이야. 정신 차려" 등등 너무나 쉽게 남의 마음에 생채기를 낸다. 왜 연예인을 좋아하는 건 하찮은 일이고, 차나 스포츠를 좋아하는 건 가치 있는 일인가? 어떤 이에겐 쓸모없는 일일 수도 있지만, 좋아하는 마음은 모든 것에 해당할 수 있다.

직장인이 된 이후로는 이런 여러 이유로 남몰래 덕질을 했다. 퇴근 후 저녁을 먹고 맥주 한 캔을 든 채 책상 앞에 앉아 좋아하는 여성 아이돌의 팬카페에 들어가는 게 루틴이었다. 물론 언니들을 마주하기 전이니 몸을 정갈하게 씻고. 하루 3시간 정도였지만, 팬카페에서 좋아하는 아이돌의 사진이나 영상을 공유하고 함께하는 즐거움은 나이가 드는 서러움도, 회사에서 쌓인 스트레스도 모두 잊게 만들어줬다. 이러니 내가 어찌 언니들을 좋아하지 않을 수 있으랴(언니라는 호칭을 쓰기엔 이제 아이돌이 나보다 한참이나 어리지만, 멋지니까 언니라고 부른다).

20대와 30대를 지나며 애프터스쿨의 가희 언니, 씨스타의 보라 언니를 그룹이 해체할 때까지 좋아하고 응원했다. 유피를 좋아했을 때만큼 모든 스케줄을 따라다닐 수는 없었기에, 그때부터 팬클럽 카페에서 본격적으로 활동하기 시작했다. 팬카페는 정보의 보고였다(좋아하는 게 생겼다면 그게 사람이든 물건이든 팬카페를 찾아 들어가길 추천한다. 원하는 것은 모두 구할 수 있으니!).

그러다 2017년 씨스타가 해체하며 나의 덕질도 휴면기에 접어들었다. 아직 언니를 떠나보낼 준비가 되지 않았지만, 슬픈 마음을 추스를 새도 없이 당시 회사에서 새로운 프로젝트에 투입되며 눈코 뜰 새 없는 시간이 이어졌다. 사람은 사람으로 잊으라고 했는데, 일로 잊었네.

회사를 옮기고 일하고, 또 옮기고 일하다 너무 지쳐 모두 다 내려놓고 싶어졌다. 그래서 과감하게 사표를 내고, 하고 싶었던 자격증 시험공부에 들어갔다. 늦은 나이에 안정된 생활을 버리고 새로 시작하는 도전인지라 1시간도 허비할 수가 없었다. 아이돌의 칼군무처럼 한 치의 오차도 없는 공부 시간표를 만들어 자신을 몰아붙였다. 그렇게 몇 달이 지나고, 1년이 지나자 몸과 마음이 무너지기 직전인 모래성처럼 위태로워졌다.

가족의 권유로 하루 동안 아무것도 하지 않고 쉬기로 했다. 1년 만에 처음으로 온전히 쉬는 하루였다. 이게 뭐라고 날 이렇게까지 내몰았던 걸까, 난 왜 이렇게 못난 걸까 자책하고 후회하며 한참을 울다 잠이 들었다. 얼마나 흘렀을까 눈이 스르륵 떠진 뒤 나도 모르게 스마트폰을 들어 유튜브를 켰다. 공부하는 동안 단 한 번도 본 적이 없었는데, 잠이 덜 깨서 그랬는지 뭐에 홀린 사람처럼 유튜브를 열었다.

첫 화면에 어떤 알고리즘의 영향인지 〈퀸덤〉이라는 프로그램의 클립이 떠 있었다. 무심코 클릭한 내 손가락이 '금손가락'이었을 줄이야! 영상은 오마이걸이라는 여성 아이돌 그룹이 〈데스티니〉를 부르는 장면이었다. 덕질 인생 몇 년 차인데, 한눈에 보기에도 오마이걸의 퍼포먼스는 완성도가 뛰어났을 뿐 아니라 화면

밖으로도 절절하게 감정이 전해져 저절로 잠이 확 깼다.

오랜만에 강렬한 기분에 사로잡혔다. 급하게 검색해 보니 그녀들은 벌써 6년 차를 지나는 걸그룹이었고 아이돌계의 치열한 경쟁 속에서 살아남기 위해 고군분투하는 중이었다. 유명한 그룹은 아니었지만, 기본적으로 밝고 성실한 데다가 장난을 치는 순수한 아이 같은 모습을 보여주다가도 서로를 아끼는 책임감 있는 어른의 모습이 함께 있어 참 예뻐 보였다.

공부를 위해 인간관계도, 덕질도, 작은 휴식도 모두 포기했던 고된 삶에 오마이걸은 조그마한 미소를 선물해줬다. 곧 40이 되는 아줌마가 무슨 덕질인가 싶었지만 메마르고 힘든 시간을 보내고 있던 차에 그들이 보여준 에너지와 간절함은 내 마음을 뒤흔들었다. 그래서 입덕 부정기를 거쳐 나는 오마이걸에 입덕하게 되었다.

세상은 많이 바뀌어 있었다. 그룹 팬덤의 상징이던 색색의 풍선은 불빛이 반짝이는 응원봉으로, 종이로 제작해 만들었던 응원 플래카드는 풀컬러로 인쇄된 천으로 바뀌었고, 브이앱이나 블립 같은 아이돌 관련 앱을 이용해 손쉽게 아이돌의 스케줄을 알 수 있었다. 심지어 브이앱 라이브방송을 통해 직접 찾아가지 않아도 아이돌과 만나 소통할 수도 있었다. 그렇게 나는 점점 더 그녀들에게 빠져들었다.

오마이걸의 활동을 정주행하다가 〈슈가맨〉이라는 예능 프로그램을 보게 되었다. 과거 인기 있었던 가수들이 출연해 현재 활동하는 가수들과 한데 어울려 향수를 불러일으키는 무대를 보여줬는데, 어느 날 유피가 출연한 것이었다!

유피의 남성 멤버였던 용일과 상후는 출연했고, 여성 멤버들은 연예계를 은퇴해 출연을 고사했다고 했다. 그래서 여성 멤버들의 자리를 오마이걸의 승희와 미미가 채워 함께 〈뿌요뿌요〉를 불렀다. 나와 비슷한 연배가 된 남성 멤버들을 보며 드는 세월의 야속함과 아쉬운 마음, 그리고 유피의 부족한 자리를 메꾼 오마이걸의 노력에 대한 뿌듯함이 교차하는 시간이었다.

오마이걸은 옆집 소녀처럼 친근하면서도 멤버 모두가 실력파아이돌인 데다 6년간의 무명 생활을 거쳐 성장형 아이돌로 자리매김했다는 점이 정말 멋지다고 생각한다. 세상에는 노력만으로되지 않는 일이 너무나 많다. 그럼에도 오마이걸은 좌절하지 않고 성실하게 애쓰고 노력해서 자기들만의 세계를 확장하고 있다. 그녀들을 보면 나도 내가 원하는 방향으로 더 성장할 수 있고, 더나은 사람이 될 수 있을 것 같아 응원하는 만큼 자신감이 차오른다. 오마이걸을 더욱 좋아할 수밖에 없는 것이다.

그중 나의 최애 멤버는 미미다. 덕질을 시작하면서 미미가 개인 유튜브를 운영한다는 사실을 알게 되었다. 영상 속의 그녀는 걸그룹답지 않게 화장기 없는 맨 얼굴로 아침마다 아이스크림을 먹었다. '달달구리' 러버인 그녀는 아이스크림을 맛있게 포크로 떠먹으면서 특유의 웅얼거리는 발음으로 자신의 일상을 팬들과 공유했다.

미미는 아이돌이면서도 타인의 시선에 얽매이지 않았다. 가끔 그녀는 혼자 서점을 갔고, 혼자 여행을 했고, 부지런하게 영상을 찍고, 음악을 만들고, 가사를 썼다. 정말 멋진 언니다. 얼마 전 한 프로그램에서 이야기하길, 인기 많은 멤버들이 개인 스케줄이 있어 숙소를 비울 때마다 미미는 홀로 숙소에 남겨졌다고 했다. 아무도 그녀를 찾아주지 않을 때조차 자신이 할 수 있는 최선의 일을 한 것이었다.

2022년 미미는 나영석 PD 사단의 새로운 예능 프로그램에 출연해 예능 대세로 거듭났다. 긴 무명의 시간을 지나 지금은 MZ세대의 아이콘으로 최고의 시절을 보내고 있다. 그녀가 방송계를 종횡무진 활동하는 모습을 보며 참 다행이고 너무 멋지다는 생각에 감동이 절로 된다.

얼마 전에는 한 프로그램에서 내가 좋아하는 언니들이 모두 모였다. 가희와 미미, 승희가 함께 출연한 것이었다. 미미는 오마이걸에서 메인 댄서를 맡고 있기 때문에 애프터스쿨의 메인 댄서였던 가희의 춤을 완벽하게 카피해 선보였다. 가희는 결혼 후 방송 활동이 거의 없었지만 댄서로서 여전히 건재한 모습을 보여주었다. 이렇게 과거의 멋진 언니와 현재의 멋진 언니가 만나는 모습을 보니 감격에 겨워 덕질하길 잘했다고 스스로를 칭찬하고 싶어졌다.

시간이 흐르면, 나의 최애 아이돌은 서서히 방송에 나오는 횟수가 줄고 팬들도 흩어지기 마련이다. 마치 계절의 흐름처럼 당연한 순리로 반복된다. 가을의 끝자락은 쓸쓸하지만 다가올 새로운 계절을 잘 맞이해야겠지.

삶을 돌이켜 보면 시간의 흐름에 따라 기억이 켜켜이 쌓여 흐려지기도 하고 순수한 기쁨이나 위안도 점점 줄어들었다. 어른이 되는 과정이었나 하는 생각도 든다. 하지만 그때마다 나를 구원해줄 한 가닥의 즐거움이 나타났는데, 바로 여성 아이돌을 좋아하고 응원하는 '덕질'이었다.

나에게 아이돌 덕질이란 함께 성장하는 것이고, 또한 함께 성장하는 힘이다. 같은 시대를 살아가는 사람으로서 불안하고 힘든 시기를 서로 의지하며 이겨 내고, 즐겁고 좋은 일은 나누며 더욱 오래 에너지를 발산하기 때문이다. 앞으로 얼마나 덕질을 할 수 있을지는 모르겠지만 내가 애정하는 여성 아이돌들이 더 많은 사람들과 행복을 나눌 수 있도록 옆에서 힘차게 응원해 볼 생각이다. 멋진 언니들의 등장은 우리 지구의 축복이니까.

화분 위의 사냥꾼, 식충식물

- 이예린 -

식충식물이라는 낯선 세계

식물 화분을 기르면서 알게 되는 것은, 분 하나하나가 치열한 삶의 현장이라는 사실이다. 지름이 한 뼘 남짓한 작은 토양에서 더 볕이 잘 드는 곳을 찾아보겠다고 창 쪽으로 줄기를 쭉쭉 뻗는 화초를 보면서 이들도 소리 없이 애쓰고 있구나, 하는 생각이 든다. 광합성을 하는 것, 새로운 잎과 꽃대를 밀어 올리는 것, 이미 좁은 땅 위에 어떻게든 빈 곳을 찾아 싹을 틔우는 것. 화분 속 식물은 각자에게 주어진 동그라미 안에서 오늘도 애쓰고 있다. 자연에서라면 한곳에서 자랄 일 없었을 다양한 식물이 발코니에 옹기종기 모여 있는 모습을 보면 마치 화분 하나가 행성 하나같이 느껴진다. 각 행성의 주민은 자신의 생존 전략을 자랑하며 더 높고 크게 자란다. 이들은 가끔 외부에서 날아든 존재와 상호작용하기도 한다. 뽐내는 모습에 이끌려 온 곤충들이다. 집 안에야 거주자의 각고의 노력으로 실외보다는 훨씬 적은 수의 곤충이 있기는 하다. 하지만 식물을 키워 본 사람은 알 것이다. 대체 어디서 온 건지 화분이 없는 집보다는 있는 집에 벌레가 더 많이 꼬인다. 어디에서든 곤충에게 식물은 자연스럽게 앉았다 갈 수 있는 안식처이다. 나중에 꽃가루를 옮기는 데 필요하니 자신을 갉아먹는 해충이 아니라면 식물도 이들을 문전박대하지는 않는 분위기이다. 그런데, 우리 집에는 곤충호가 절대 착륙하지 말아야 할 행성이 있다. 불시착한 외계 행성에서 에일리언에게 공격당하는 내용의 SF영화를 본 적이 있는가? 이곳에 찾아온 곤충들은 그런 신세가 되고 만다. 안타깝게도 구출 지원은 오지 않는다. 그 불친절한 행성은 방 주인, 즉 나에게 편애받고 있기 때문이다. 나를 매료한 괴상한 외계인 같은 생명체는 바로 '식충식물'이다. 식충식물이라, 받침이 4개나 들어간 이 단어는 발음하기도 어렵다. 왠지 식물도감의 가장 으슥한 페이지에서나 찾을 수 있을 것 같고, 곤충뿐만 아니라 인간에게도 별로 친근한 느낌은 아니다. 당장 인터넷에 식충식물을 검색하면 영화나 게임에서 사람을 공격하는 몬

스터의 모습으로 등장하기도 한다. 그렇지만 이상하다는 건 흥미롭다는 뜻이기도 한데, 나는 한창 재미있는 것을 좋아할 초등학교 4학년 때 화훼 공판장이라는 곳에서 처음 식충식물을 만났다.

식물에 관심이 있는 사람이라면 거대한 온실 같은 공판장에 들어섰을 때의 설렘에 대해 알지도 모른다. 물을 푹 머금은 공기가 피부에 닿는 습함, 그 안에서 핀 파릇한 생명들이 자신의 존재를 주장하며 풍기는 코끝이 달짝지근해질 정도로 뒤섞인 냄새들. 모르겠다면 아무 큰 판매점을 떠올려도 된다. 다가올 계절을 준비하는, 화려한 디자인이 시선을 사로잡는 백화점일 수도 있고, 바스락거리는 종이 소리가 귀를 쫑긋하게 만드는 서점일 수도 있다. 무언가를 콕 집어 구매할 심산이 아니더라도 이런 공간이 마음을 두근거리게 하는 이유는, 어쩌면 운명적인 무언가를 발견해서 집으로 가져가게 될지도 모른다는 기대감 때문이다. 그 작은 수확이 내일의 기분을, 올해의 여가 생활을, 어쩌면 평생의 취향을 바꿀지도 모르니까. 나는 뚜렷한 호불호가 슬슬 생길 때부터 미묘하게 특이한 취향을 가진 아이였다. 판타지소설을 읽으면 영웅보다 악당을 더 좋아하고, 몇 번을 돌려 봐도 질리지 않을 정도로 최고로 아끼던 비디오테이프의 제목에는 '악몽'이라는 단어가 들어가 있었다. 양재동 화훼 공판장은 수생식물 기르기에 열심이던 아빠를 따라서 간 것이었는데, 살면서 본 중 가장 많은 종류의

　　　　　　　　화분 위의 사냥꾼, 식충식물

식물이 모여 있는 모습에 눈이 휘둥그레지는 가운데서도 개중 제일 특이한 것을 발견했다. 그것은 다른 식물과는 생김새부터 달랐다. 늘씬하게 뻗거나 동그라니 귀여운 이파리 대신 삐죽삐죽한 돌기를 가진 식물은 시뻘건 입을 쩍 벌린 모양새로 사냥감을 기다리고 있었다. 입안의 가시를 한 번도 아닌 정확히 두 번 건드려야 덥석 무는 식물은 정말로 게임 속의 몬스터 같기도 하고, 식물이라기보단 차라리 동물같아서 금방이라도 자아를 가지고 움직일 듯 보였다. 지구상에 이런 식물도 있었던가? 외계에서 온 것이 아닐까? 나는 그 생동감 넘치는 모습에 곧바로 매료되어 아담한 화분에 든 외계생물과 함께 집에 돌아왔다. 알고 보니 이 신기한 식물의 이름은 '파리지옥'으로, 곤충을 잡아먹고 산다는 식충식물의 일종이었다. 이후로 내가 기억하는 한 우리 집에는 꾸준히 식충식물이 있었다. 나는 한동안 식충식물의 신기한 모습에 빠져 거실을 왔다 갔다 하며 턱을 괸 채 화분을 관찰하곤 했으나 얼마후 다시 학교에 가고 숙제도 하는 평범한 일상의 루틴으로 돌아갔다. 아무리 독특한 조형물이 있어도 시간이 지나면 그냥 적응해 버리듯이, 파리지옥 화분도 우리 집 안의 작은 식물 우주 변두리에서 살아가는 행성 중 하나가 되었다.

상상하는 것을 좋아했던 나는 무한한 상상력과 멋진 그림으로 가득 찬 만화책을 읽거나 그 주인공들을 다시 내 방식대로 종이에 옮기는 일에 몰두하며 학창 시절을 보냈다. 그렇게 고등학생이 된 내가 미술대학에 진학한 것은 자연스러운 순서였다. 고등학교 때까지만 해도 분명히 '그림 잘 그리는 애'로 불리곤 했는데, 대학교는 그만큼 호락호락한 곳이 아니었다. 열심히 보고 그리기를 연습하던 나는 끊임없이 '틀 바깥에서 생각할 것'을 요구받았으며, 그냥 취향이 살짝 특이한 정도로는 전국에서 모인 날고 긴다는 학생들과 경쟁하기에 어림도 없었다. 교수님들의 지도에 따라 쉴 새 없이 주위에서 새로운 것, 새로운 아이디어, 새로운 조형성을 찾아내야 했고 그때 다시 눈에 들어온 것이 오랫동안 길러 온 식충식물이었다. 새로운 시각으로 바라본 식충식물 행성들은 처음 보았을 때만큼, 아니 그때 이상으로 흥미로웠다. 중학교쯤엔가 과학 시간에 배운 먹이사슬 피라미드에서는 식물이 가장 아래에 있었다. 그 위에 식물을 먹이로 삼는 곤충이나 초식동물, 그리고 그 위에 동물을 먹는 육식동물이 있는 것이 법칙이다. 식물과 곤충을 붙인다면, 움직이지 못하는 붙박이인 식물이 당장 생존 경쟁에서 불리할 것이다. 그런데 날아다니고 기어다니는 곤충들을 잡아 삼키려고 진화한 식물이 있다니, 이 녀석들이야말로 틀 바깥에서 생각하는, 아니 아예 틀을 깨부수어 버린 경이로운 생명체였다! 어찌나 훌륭하게 진화했는지 사냥의

화분 위의 사냥꾼, 식충식물

전략도 제각각이라 각 종이 선택한 전략에 따라 다양한 모습을 뽐낸다. 이렇게 식충식물은 미술대학을 다니는 내내 작업을 위한 영감의 원천이 되었다. 일러스트로 전시를 하기도 하고, 책을 만들기도 하고, 결국 졸업작품의 소재로까지 식충식물을 선택하며 나는 이 신기한 생물들을 면밀하게 관찰해 왔다. 알면 알수록 식충식물도 다육식물이나 허브, 꽃나무 못지않게 훌륭한 반려식물이 될 수 있다는 확신이 들었다. 그래서 이 낯선 식물들이 더욱 대중적인 인기를 얻기를 소망하며 그들이 취하는 전략과 그에 따른 멋진 생김새를 소개하고자 한다. 식충식물에도 다 세기 힘들 정도로 수많은 종이 있지만, 아주 크게는 곤충을 사냥하는 방식에 따라 세 가지로 나눌 수 있다.

사냥꾼들의 세 가지 전략

1) 한번 닫히면 빠져나갈 수 없는 지옥, 포획형 이파리

일상적인 행위에 손을 사용하는 우리 인간들은 '잡는다'라는 단어를 들으면 손가락을 위아래로 벌렸다가 오므리는 동작을 떠올릴 것이다. 여기에 '먹는다'라는 동사를 추가해 '잡아먹는다'가 되면 손은 입으로 바뀌고, 위턱과 아래턱을 멀어지게 했다가 앙

다무는 모양새가 그려진다. '포충엽'이라는 명칭을 가진 사냥감 포획용 이파리가 작동하는 방식도 이와 유사하다. 우리처럼 움직이는 대상을 확인하고 그 방향으로 다가갈 수는 없지만, 식물들의 장점은 무한한 인내심이다. 이 식물은 입을 딱 벌린 채 사냥감이 그 위로 지나가기를 얌전히 기다린다. 곤충이 잎 안쪽을 밟으면 무해해 보이던 바닥은 지옥의 문으로 돌변하여 쾅 닫힌다. 별 생각 없이 지나가려던 곤충에게는 운수 나쁜 날이 되겠다. 이 전략을 선택한 사냥꾼의 대표자로는 식충식물 중 아마도 제일 유명한 파리지옥이 있다. 역동적으로 움직이기 때문에 지켜보는 재미가 있고, 모양새도 특징적이라 다른 식물들 사이에 있으면 한 번씩은 들여다보게 된다. 포충엽을 사용하는 종은 많지 않아서, 파리지옥의 방식이 그야말로 정석이라고 할 수 있겠다.

어린 파리지옥은 자라면서 잎끝에 작은 콩나물 같은 연두색 머리를 만든다. 이 특이한 구조는 잎이 성숙해지면서 쑥쑥 자라나다가 다 크면 양쪽으로 벌어진 2개의 반원 모양이 된다. 동그란 양 잎끝에는 속눈썹처럼 촘촘하며 삐죽삐죽한 구조가 더 길게 자라 나온다. 파리지옥이 사냥할 때 잎을 닫는 모습은 곤충을 잡아먹는 입 모양으로 쉽게 연상되지만, 얇은 부분이 깍지를 끼듯 부드럽게 맞물리는 모양새가 마치 눈이 감기는 것같이 보이기도 한다. 실제로 파리지옥의 학명인 'Dionaea Muscipula'는 '디오네 여신의 눈썹'이라는 뜻이다. 디오네는 우리에게 익숙한 미의 여신 아프로디테(비너스)의 어머니 신인데, 더 일반적으로 사용하는 영어 명칭인 'Venus Flytrap(비너스의 파리 덫)'에는 엄마 대신 딸의 이름이 들어가는 점이 흥미롭다. 미모로 소문난 모녀 신의 이름을 나란히 붙인 것으로 보아 이 식물을 처음 발견한 학자들 또한 그 아름다움에 매료되었던 듯하다. 파리지옥의 입, 혹은 눈 안쪽은 겉면과 같은 초록색이거나 잘 익은 수박 같은 붉은색을 띠는데 햇빛을 듬뿍 받을수록 선명한 빨간빛이 된다. 매끈해 보이는 안쪽 표면 위에는 몇 개의 가시가 돋아 있다. 진짜 가시는 아니고 움직임을 감지하는 용도의 감각모이다. 감각모를 한 번 건드릴 땐 아무 일도 일어나지 않는다. 그러나 안심하기는 이르다. 40초 정도 내에 감각모가 다시 건드려지면 가만히 있던 이파리는 함정이었음이 드러나기 때문이다. 잎 위에서 한 발짝 정도는 괜찮지만 두 발짝을 걸으면 영원히 갇히고 만다. 굳이 두 발짝인 것은 에너지를 아끼려는 파리지옥의 세심한 전략이다. 파리지옥은 식물계에서 두 번째로 빠른 속도의 운동성을 자랑한다. 아예 스스로 움직이는 것을 포기한 종이 대다수인 와중, 눈에 보일 만큼 확연한 속도로 식물이 움직이기 위해서는 한 번 시도하는 데 막대한 에너지가 든다. 식물이 사는 자연환경은 변화무쌍한 곳이다. 아침에 맺힌 이슬이 뚝 떨어질 수도 있고 굴러다니던 낙엽이 잠시 스치고 갈 수도 있다. 그때마다 엄청난 에너지를 써서 움직인다면 아무리 체력 좋은 사냥꾼이라도 얼마 안 있어 제풀에 쓰러지고 말 것이다. 감각모가 두 번 건드려져야만 포충엽을 닫는 전략은 안쪽에 확실한 사냥감이 있을 때만 에너지를 끌어 쓰려는 지혜이지만, 그래도 여전히 허탕을 치는 경우가 없지는 않다. 문을 닫았는데 안에 아무것도 없으면 얼마의 시간이 흐른 후 파리지옥은 모른 체 도로 문을 활짝 열고 새 사냥감을 맞을 준비를 한다. 사냥에 성공했을 경우, 안쪽에 지속적인 움직임이 있다는 것을 감지한 후 그제야 소화액을 분비한다. 이 비너스는 미모뿐만 아니라 지성까지 겸비한 여신인 모양이다.

개폐되는 포충엽으로 사냥하는 전략을 사용하는 식충식물은 크게는 두 속뿐이므로, 나머지 하나를 더 소개하자면 물속의 파리지옥이라 불리는 벌레먹이말이 있다. 벌레먹이말은 물에서만 사는 수생식물이며 트랩을 작동하는 방식은 파리지옥과 유사하지만 포충엽 하나하나가 더 작으면서 촘촘하고 많은 잎을 만든다. 파리지옥의 운동 속도가 식물계에서 2위라고 했는데, 사실 1위를 차지하는 것이 바로 벌레먹이말이라 금메달, 은메달을 포획형 식충식물이 독점하고 있다. 파리지옥을 포함한 다수의 식충식

화분 위의 사냥꾼, 식충식물

물에는 하위로 또 무수히 많은 종이 있는데, 그중 파리지옥과 벌레먹이말 딱 두 속만 이 전략을 사용한다니 유명세에 견주면 인기가 덜한 전략으로 보인다. 사냥에 드는 에너지에 비해 효율이 낮아서일까? 실제로 벌레 제거 효과를 기대하고 파리지옥을 집에 들이면 실망하는 경우가 더러 있다. 아무래도 사냥법의 특성상 감각모를 자주 건드리지 않을 만큼 곤충이 작거나, 트랩이 닫히는 속도보다 곤충이 빠르거나, 잎 위에 머물지 않고 한 번만 닿고 지나가는 경우 포획에 실패할 확률이 높기 때문이다. 파리지옥의 전략은 작고 빠른 집벌레보다는 어느 정도 부피가 있으면서 느린 애벌레나 달팽이 등의 생물을 잡는 데 적합하다. 자생지에서 크게 자란 파리지옥은 곤충뿐만 아니라 작은 개구리 같은 동물을 잡는 예도 있다고 한다. 사냥 성공률은 낮더라도 그 역동성을 지켜보는 재미만으로도 집에서 키워 볼 가치가 있지 않을까. '식충식물의 먹이 활동'이라는 행위를 직관적이고 극적인 한 장면으로 지켜보고 싶은 이들에게 추천한다.

2) 향기로운 꿀이 이끄는 깊은 함정, 포충낭

우리가 무언가를 먹으면 입에서 삼켜진 음식은 식도를 통과해 위장에서 소화된다. 볼록한 주머니 모양으로 생긴 내장 기관은 소화액을 담고서 위쪽에서 일거리 넘겨주기를 기다린다. 식충식물이 만드는 포충낭은 생긴 모양도 하는 일도 위장처럼 생긴 함정이다. 다만 여기에는 알아서 밥을 넘겨줄 입이 존재하지 않으므로, 사냥감은 직접 조달해야만 한다. 어지간히 정신없는 곤충이 아닌 이상 사지에 스스로 걸어 들어가진 않을 테니 달콤한 유인책이 필요하다. 곤충들이 가장 좋아하는 달콤함은 뭐니 뭐니 해도 꿀이다. 그래서 포충낭의 입구에는 단 향이 나는 꿀과 유사한 액체가 발라져 있는데 사실 그 실체는 꿀이라기보다 오히려 술에 가깝다. 먹음직스러운 냄새를 풍기면서, 삼키면 몸을 제대로 가누지 못하게 하는 마취 성분이 들어 있으니 말이다. 이것을 마신 곤충은 그때만큼은 술 취한 것처럼 끝내주는 기분이 될지도 모르지만, 곧 비틀거리다가 미끄러운 입구를 밟고 풍덩! 하며 저 깊은 곳으로 빠지게 된다. 바로 식충식물의 소화액 속이다. 들어온 곳으로 나가려고 해도 내벽이 너무 미끄러워서 기어 올라가는 것은 불가능에 가깝다. 이렇게 식충식물은 하나의 위장으로 삼키기와 소화하기를 동시에 할 수 있다.

이 전략을 쓰는 대표 주자로는 게임 등에서라도 한 번쯤은 들어 봤을 네펜테스가 있다. 네펜테스 잎은 바나나 잎을 연상시키는 형태로 길쭉하고 빳빳해서 열대의 정취를 느낄 수 있으며, 영어로는 'Tropical Pitcher Plant(열대 항아리 식물)'라 부른다.

화분 위의 사냥꾼, 식충식물

혹은 'Monkey Cup(원숭이 컵)'이라고도 부르는데 열대우림에서 원숭이들이 이 식물을 붙잡고 컵으로 쓰지 않았을까 하는 상상력을 엿볼 수 있다. 네펜테스의 이파리 끝에서는 가느다란 줄기가 나오고, 줄기 끝에는 작은 포낭이 생겨 점점 자란다. 포낭이 탯줄 같은 선으로 잎과 연결된 채 점차 통통해지는 과정은 아기가 자라나는 것 같기도 하다. 충분히 성숙한 포낭은 슬그머니 위쪽 뚜껑을 열어 사냥물을 담을 수 있는 컵 구조로 변신한다. 포충낭의 크기와 모양은 종에 따라 매우 다양해서 길쭉한 것, 짧고 통통한 것, 반점이 있는 것, 털이 나 있는 것 등 취향껏 선택할 수 있다. 무게감 있는 함정을 매단 이파리는 땅 쪽 방향으로 아치를 그리며 축 처지는데, 네펜테스는 기본적으로 덩굴식물이기 때문에 근처에 적절한 기둥이 있다면 포낭 줄기를 돌돌 꼬면서 감아 내려오기도 한다. 잎부터 포낭까지의 덩굴 길이가 아주 길지는 않아서 따로 지지대를 대줄 필요는 없지만, 집에서는 바닥보다 높은 곳에 걸 수 있는 화분에서 키우는 것이 좋다. 덩굴로 감은 후 위장 안으로 꿀떡 삼켜 소화해 버릴 것 같은 이미지 때문일까, 게임이나 만화영화 등에서 이 식물을 모티브로 한 악역이 더러 등장하기도 한다. 어릴 때 내가 즐겨 하던 게임에도 네펜테스라는 이름의 몬스터가 있었다. 식충식물 애호가로서는 네펜테스의 형상이 디자인에 활용된 것을 보는 일이 꽤 흥미로운데, 식물형 괴물의 위협적인 모습을 강조하기 위해 거대한 입에서 만족하지 않고 무시무시한 가시까지 달아 놓는 경우를 종종 목격했다. 사실 네펜테스뿐만 아니라 어떤 식충식물도 위협용으로 가시를 지니지는 않는다. 생각해 보면 당연한 이유이다. 포충낭과 가시는 정확히 반대의 역할을 한다. 가시는 식물에 해가 되는 곤충들이 접근하지 못하게 하는 전략으로, 어서 이리로 오라고 유혹하기 바쁜 식충식물에는 적합하지 않은 선택지이다.

네펜테스 외의 포충낭형 식물은 대체로 덩굴 없이 하늘을 향해 뻗어 나가면서 자란다. 조금 생소할 사라세니아, 헬리암포라 등의 식물이 있으며 이들의 포충낭은 이파리에 달려 따로 나지 않고 잎 자체와 한 몸이다. 보편적인 유선형 잎 없이 튜브 모양 통 자체가 잎이자 포충낭의 역할을 하는데, 사람 키를 따라잡을 기세로 쭉 뻗어 길쭉한 것부터 엄지손가락처럼 짧고 뚱뚱한 것까지 옹기종기 모여 있는 모습이 파이프 악기 같기도 하다. 어떤 형태의 포충낭을 가지고 있든 공통점은 상당한 대식가라는 것이다. 모양적인 측면에서 생각해 봐도 개폐구를 닫아 빠져나갈 틈을 없애는 파리지옥보다는 넉넉한 네펜테스의 주머니에 사냥물이 들어갈 여지가 더 많다. 한 마리를 잡으면 다 소화할 때까지 다음 사냥에 나서지 못하는 포충엽과 달리 포충낭 안에는 자리만 있다면 얼마든지 새로운 먹이가 들어갈 수 있다. 자연 상태 파리지옥의 포획 기록이 개구리 정도라고 했는데, 네펜테스는 쥐나 새를 잡은 기록도 있다고 하니 대단한 식욕이다. 따라서 벌레 문제로 골머리가 썩는 집이라면 이 종류를 추천한다. 스스로 움직이지 않기 때문에 사냥 장면을 직접 목격하는 재미는 조금 덜하지만, 포충낭이 주렁주렁 넉넉하게 열리는 모습은 과일나무를 키우는 것 못지않은 만족감을 줄 것이다.

3) 붙어 버릴 정도로 달콤한 끈적함, 끈끈이 점액

곤충을 유인하는 데 꿀만 한 게 없다 보니 달콤한 액체를 사용하는 전략은 또 다른 방식으로도 진화했다. 마취제 대신 끈적이는 성분을 투입하기로 한 식물들이 있는데, 모양은 우리가 사용하는 접착제인 본드와 테이프를 떠올리면 쉽다. 끈끈이 식물들은 아주 가느다란 섬모를 무수히 가지며, 각 섬모 끝에는 점성이 있는 액체 한 방울씩이 맺힌다. 단 향기가 풍겨 냄새로는 꿀 같고 보기에는 이슬 같은 방울은 지나가는 곤충들의 시선을 끌 만하지만, 흥미를 느끼고 다가왔다가는 점액에 발이 딱 붙어서 오도 가도 못하게 된다. 당황한 곤충은 벗어나려 발버둥 치는데, 몸을 움직이는 과정에서 주위에 포진한 다른 끈끈이가 닿으면 도망칠 수 있는 확률은 점점 줄어든다. 꿀인 척하는 만능 액체는 포획

덫과 동시에 소화액의 역할도 하므로 사냥감은 그 자리에서 그대로 흡수된다. 눈, 위장 같은 신체 부위로 비유한다면 피부에 가깝겠다. '먹지 마세요, 피부에 양보하세요'라는 옛날 광고 문구처럼 먹잇감을 피부로 바로 소화해 버리는 이미지를 떠올린다면… 조금 그로테스크할까? 이런 점에서 끈끈이 식충식물에 대한 호불호가 갈릴 수도 있다. 이들에게 잡힌 곤충은 어딘가로 쏙 들어가 사라져 버리지 않기 때문에 방에 놓을 경우 식물이 먹잇감을 자양분으로 만드는 과정을 고스란히 지켜볼 수 있다. 이파리에 불운한 날벌레들이 몇 마리씩 붙은 모습이 징그럽게 느껴진다면 반려식물로 들이는 데 고민을 좀 해야 할 수도 있지만, 자연의 신비를 바로 가까이서 느끼고 싶거나 우리 집 식물이 오늘은 벌레를 몇 마리나 잡았는지 뿌듯해하고 싶은 사람에게는 추천한다.

끈끈이 분야에서 가장 유명한 식물은 끈끈이주걱이다. 국내에서 자생하는 대표적인 식충식물속으로, 우리나라에서 발견된 끈끈이주걱이 끝으로 갈수록 동그랗게 넓어지는 주걱 모양을 하고 있어 이런 이름이 붙었다. 전 세계적으로는 길쭉한 줄기처럼 생긴 것, 잎 가운데가 넓고 끝으로 갈수록 뾰족한 것 등 다양한 모양이 있다. 끈끈이주걱은 본드같이 방울진 액체를 만들어 두고서 다가오는 사냥감을 기다리지만 마냥 수동적이지만은 않다. 트

화분 위의 사냥꾼, 식충식물

랩에 어느 정도 크기 이상의 사냥감이 걸린 것을 감지하면 빠르게 잎을 오므려 사냥과 소화의 효율을 높이기 때문이다. 카펜시스 등 길쭉한 모양의 *끈끈이주걱*에서는 곤충이 잡힌 곳을 중심으로 잎이 돌돌 말린 신기한 모양도 관찰할 수 있다. 가만히 있어도 소화에 문제가 없을 만큼 작은 날벌레가 앉을 경우에는 굳이 주변부를 조이는 수고를 들이지 않는 것을 보면 이들도 에너지를 아끼는 자체적인 기준이 있는 듯하다. *끈끈이주걱*은 영어로 'Sundew'라고 부르는데, '햇빛이슬'이라는 예쁜 뜻이다. 곤충이 속아 넘어갈 정도로 이슬과 흡사하게 보이는 알갱이들이 햇빛을 받아 일제히 영롱하게 반짝이는 모습은 인간이 보기에도 매력적이며, 방사형으로 퍼지는 잎 위에 알알이 맺힌 원형이 불꽃놀이의 한 장면 같기도 하다. 이슬이든 불꽃놀이든, 아침과 밤을 가리지 않고 사시사철 언제나 감상할 수 있으니 더할 나위 없다.

조금 더 수줍은 모양으로 점액을 만드는 식물로는 벌레잡이제비꽃이 있다. 이름만큼 앙증맞게 생긴 벌레잡이제비꽃의 끈끈이는 방울진 본드가 아닌 은은하게 달라붙는 테이프 같다. 섬모와 점액이 있기는 하지만 아주 얇고 작아서 우리 눈에는 잘 보이지 않는다. 작은 별같이 여러 각도로 난 통통한 연두색 이파리는 다육식물로 착각할 만큼 귀여우나, 이곳도 날벌레가 한번 붙으면 빠져나갈 수 없는 덫이다. 사람의 손가락에는 복숭아 껍질처럼 약간의 질감으로 느껴질 정도의 점성이지만 벌레잡이제비꽃이 노리는 크기의 사냥감을 잡기에는 그 정도로 충분하다. 벌레잡이 제비꽃이 사냥할 수 있는 한계는 초파리나 모기 등 가벼운 곤충 정도이며, 더 두꺼운 점액을 분비하는 끈끈이주걱 역시 파리지옥 과 네펜테스의 사냥처럼 큰 곤충을 잡는 데는 무리가 있다. 그렇 다고 효율이 떨어진다기엔 수확물의 숫자를 무시할 수 없다. 몸 체 어디든 적당한 크기의 사냥감이 앉기만 하면 입구로 유인하는 수고 없이 바로 잡을 수 있으니 그 동네 날벌레는 씨가 마른다. 어디에든 질보다 양으로 승부를 겨루는 전략도 있는 법이다.

식충식물 키우기에 대한 오해와 해명

식충식물은 기본적으로 열악하거나 경쟁이 치열한 환경에서 자생하는 식물이다. 물과 햇빛만으로는 생존에 필요한 영양분을 충분히 조달할 수 없으니 아예 다른 방법을 찾은 것이다. 움직임 을 감지해 입을 닫듯 포충엽으로 가두는 방식, 달콤한 꿀로 유혹 해 위장을 닮은 소화 주머니에 빠뜨리는 방식, 끈끈한 점액을 분 비해 한번 달라붙으면 빠져나가지 못하게 하는 방식 모두 식충

화분 위의 사냥꾼, 식충식물

식물이 힘든 환경에서 살아남고자 택한 진화의 방식이자 혁신적인 사냥법이다. 그 매력에 대해 한참을 예찬해 두었지만, 단순히 신기하거나 멋지다는 것쯤으로 덜컥 식충식물을 집에 들일 마음까지는 잘 들지 않을 것 같다. 아무래도 보기에 좋은 것과 키우기 좋은 것은 완전히 다른 이야기니까. 보통 식물과는 다르다 보니 함께하는 방식도 특별함을 요구할 것 같은 느낌이 들지도 모른다. 식충식물을 기르다 보면 이러이러해서 키우기 힘들지 않냐는 질문을 종종 받는데, 내 나름대로 '식충식물 덕후' 대표를 자처하며 식충식물 기르기에 대한 몇 가지 오해를 해명해 보겠다.

첫째, 식충식물은 인간에게도 위험할까? 그렇지 않다. 영화에서는 인간까지 꿀떡 삼켜 버리는 무시무시한 식인식물이 등장할 수도 있지만, 그렇게 거대하게 자란 종이 있다면 오히려 꼭 한 번쯤 보고 싶다. 대개 집에서 기르는 식충식물은 두 손에 쏙 들어오는 정도 크기의 화분에서 자란다. 일부 키가 큰 포충낭형 종이 온실이나 마당에서 훌륭한 정원사의 손길로 허리 높이 정도까지 자라기도 하나 그렇다고 해도 인간을 소화하기엔 역부족이다. 손가락 같은 신체 말단 부위가 들어갔다고 해서 먹힐 염려는 없다. 간혹 파리지옥을 키우면서 사냥하는 모습이 궁금해 의도적으로 입을 닫을 때까지 감각모를 건드리는 경우가 있는데, 손가락이 들어간 채로 잎이 닫혀도 인간은 가벼운 힘 정도로 자력 탈출이 가능하다. (탈출을 시도하지 않고 있겠다고 해도 그 상태로 소화될 것 같지는 않다.) 이건 오히려 인간보다는 파리지옥이 아픈 상황이다. 식물 입장에서는 에너지만 산뜩 쓰고 허탕 친 꼴이 되므로 애써 키운 반려식물이 시름시름 시들어 가는 모습을 보고 싶지 않다면 일부러 포획 행동을 자주 유도하는 일은 자제하도록 하자. 끈끈이주걱 역시 사람이 붙어 버릴 정도로 강력한 끈적임을 가지지는 않는다. 점액이 아주 잘 맺혔을 때 손끝으로 만지면 치즈처럼 약간 눌어붙는 정도일까, 이것은 식물이 매우 건강하다는 뜻이니 대견하게 여기면 된다.

둘째, 식충식물에게는 꼭 주기적으로 곤충이나 단백질을 먹여 줘야 할까? 아니다. 식충식물을 키우면서 가장 자주 듣는 질문은 "벌레를 어떻게 먹이냐?"는 것이다. 그럼 나는 어깨를 으쓱하면서 대답한다. "딱히 안 먹이는데?" 키우는 것이 도마뱀이나 타란툴라였다면 곤충 급여가 꼬박꼬박 필요하겠지만, 식충식물은 본질적으로 식물이다. 햇빛과 물이 충분한 상황에서는 여느 식물들처럼 잘 살아갈 수 있다. 열악한 자연환경에 비해 물과 빛이 정기적으로 원활히 공급되는 실내는 아주 아늑한 곳이다. 곤충을 잡는다면 기꺼이 삼키겠지만 없어도 문제 되지 않는다. 나는 운 좋

화분 위의 사냥꾼, 식충식물

게도 오랫동안 벌레가 거의 출몰하지 않는 집에서 살았는데, 식충식물이 잡을 게 하도 없어 그냥 내 흥미를 위해 어디서 일부러 곤충을 가져와 먹인 적이 있다. 인간으로 비유하자면 집밥 잘 먹고 있다가 갑자기 누군가가 깜짝 소고기 뷔페에 데려다주는 느낌이었을 것 같다. 식물은 반찬 투정을 하지 않는 데다 혹시라도 영양이 부족해 보일 땐 흙에 주는 영양제로 대체할 수 있으니 생물을 주기적으로 급여해야 한다는 부담감은 느끼지 않아도 된다.

셋째, 식충식물에서는 꽃을 보기 힘들까? 이 또한 아니다. 파리지옥, 끈끈이주걱, 사라세니아, 벌레잡이제비꽃 등 내가 키워 본 대부분의 식충식물은 늘 예쁜 꽃을 보여주었다. 사냥과 소화를 끝낸 부분은 빨리빨리 교체해 버려서인지 식충식물은 대체로 모든 부분이 피고 지는 속도가 빠르다. 낡은 옷은 순식간에 벗고 새잎을 올리는 모습에 질릴 새가 없는데, 꽃도 이 법칙에서 예외는 아니라 적절한 계절이 되면 꽃대가 나고 봉오리가 맺혀 피고 지는 모습을 여러 번 관찰할 수 있다. 일부 종은 집에서 기르며 씨를 받는 것도 가능하니 새싹 보기를 도전해 볼 수도 있다. 식충식물의 꽃에 대해서 한 가지 재미있는 점은, 대부분 꽃대가 아주 길게 난다는 것이다. 아무리 식충식물이라 해도 꽃이 수정하는 데는 곤충의 도움이 필요하므로, 수분하러 온 귀한 손님이 발을 헛

디더서 잡아먹혀 버리는 불상사를 방지하기 위한 배려이다. 크지 않은 몸집 위에 몇 배는 더 길게 뻗은 꽃의 줄기를 보고 있으면 웃음이 나온다. 위쪽에는 곤충을 위한 달콤한 만찬 같은 꿀이, 아래쪽에는 지옥의 문 입구로 소내하는 가짜 꿀이 있는 게 아닌가! 자연계의 이웃들을 아주 속속들이 잘 이용해 먹는 요망한 두 얼굴의 사냥꾼이다.

넷째, 식충식물은 키우기 까다로울까? 이 질문에 대해서도 자신 있게 아니라고 할 수 있다. 다양한 식물을 키워 보았지만 사실 식충식물만큼 편하게 키운 화분들이 없다. 식충식물은 대부분 볕과 물을 좋아한다. 얼마나 좋아하느냐면, 화분을 그냥 물에 담가 둬도 괜찮을 정도로 말이다. 식충식물을 키울 때는 주로 화분 아래 물을 채운 그릇을 받쳐서 뿌리가 계속 빨아올릴 수 있게 하는 '저면관수'라는 방법을 사용했다. 이 경우 굳이 주의를 기울여서 때에 맞춰 물을 줄 필요도 없다. 종에 따라 어떤 계절에는 조금 더 세심한 관리가 필요하기도 하지만, 기본적으로는 화분을 물에 담가서 양지바른 곳에 두기만 해도 쑥쑥 잘 자란다. 몇 번씩 정해 두고 물을 주는 것조차 귀찮아 결국 매번 화분을 죽이고 마는 사람들의 집에도 안성맞춤이다. 빛을 좋아하는 다수의 식충식물은 햇빛을 쨍하게 잘 받을수록 기쁜 듯이 점점 새빨간 색으로 물드

화분 위의 사냥꾼, 식충식물

는데, 해준 것 없어도 속 썩이지 않고 바르게 자라주는 자식 보듯 마음이 풍족해진다.

　이제 슬슬 식충식물을 키워 보는 것도 나쁘지 않겠다는 생각이 드는 사람들에게, 초심자가 키우기 좋은 종류를 하나 추천하자면 포충낭을 가진 사라세니아를 권하겠다. 앞에서 한 번 언급했지만, 아직 대중성이 낮아 식충식물에 특별히 관심을 두고 찾아본 적이 없다면 생소한 이름일 것 같다. 사라세니아는 식충식물 중 키가 큰 편에 속하며 위로 갈수록 넓어지는 길고 좁은 모양이 금관악기를 닮았다. 통 형태의 잎에는 그물 무늬가 나타나는데 초록, 빨강, 하양의 색이 얽혀 화려하고 장엄한 모습을 뽐낸다. 사라세니아를 추천하는 이유는 아무리 '마이너스 손'이라고 해도 이 식물을 금방 죽이기는 쉽지 않기 때문이다. 사라세니아는 특유의 강인한 생명력으로 넓은 스펙트럼의 날씨를 견딘다. 적정 온도는 25~30도 정도의 환경이지만 영하로 내려가는 야외에서는 월동하면서 버티고 35도 이상의 고온에서도 살아남는다. 봄 즈음엔 한 송이씩 꽃대를 큼직하게 올려서 관찰하거나 씨를 얻기에도 좋다. 포기나누기(복수의 다발이 되어 있는 식물체를 물리적으로 나눠 놓는 것)로 번식시킬 수도 있으니 만능 생존왕이다. 딱 하나 조심해야 할 부분은 습한 환경을 선호하므로 건조하게 두지 않는 것이 좋다. 분무기로 하루에 한두 번 포충낭에 물을 뿌려주면 아름다운 모습으로 정성에 보답할 것이다.

이 멋진 반려식물을 권하며

'덕후'라는 종족은 꼭 스스로 좋아하는 데서 그치지 않고 내가 경험한 놀라움을 다른 이들에게도 맛보여주고 싶어 하는 것 같다. 졸업 전시의 주제를 식충식물로 정하고 재미있는 판매 브랜드를 만든 것도 식충식물이 대중적으로 더 사랑받기를 바라는 마음에서였다. 식충식물의 아름다운 형태를 화면 안에 옮기는 작업을 하며 각각의 식물을 관찰하고 그 특성에 따른 그래픽을 만들었다. 끈끈이를 가지고 있다면 이슬 같은 동글동글함이 반복되는 패턴을, 포충낭을 가지고 있다면 배 부분이 볼록한 통 모양의 패턴을 디자인하고 뾰족한 섬모나 잎 표면 점박이 등의 형태적 특성도 추가했다. 사냥법에 따른 패턴과 고유 형태에 따른 패턴을 합치면 식물마다 독특한 그래픽 이미지가 만들어진다. 화분을 예쁜 패키지로 꾸민 후 라벨마다 인쇄한 패턴을 부착했다. 잘 담긴 화분 흙 위에는 식물 이름이 적힌 작은 깃발을 꽂아 마무리했다. 브랜드명은 '카니보 카니발'이었는데, 영어로 식충이라는 뜻의

'Carnivore'와 축제라는 뜻의 'Carnival'을 합친 이름으로 지었다. 초록, 빨강, 하양의 강렬한 색채가 방 안의 작은 축제처럼 느껴지길 바랐다. 제각기 개성 있는 모양새를 뽐내며 모여 있는 식충식물 화분들이 마치 축제의 꽃이라는 퍼레이드 행렬 같아 보인다는 평소 생각을 반영한 것이다. 비록 가상의 프로젝트였고 지금의 나는 식물과 전혀 관련 없는 일을 하는 직장인이 되어 버렸지만, 늘 초록과 함께하는 삶을 살고 싶은 마음만은 계속 지니고 있다. 나처럼 운명 같은 작은 끌림을 경험하고 싶은 사람은 주변의 화분 파는 가게들을 유심히 살펴보자. 가장 보편적인 종인 파리지옥이나 끈끈이주걱은 한두 개씩 팔고 있기도 하다. 더 광범위한 선택지를 원한다면 인터넷 주문으로도 며칠 만에 멋진 사냥꾼 친구를 배송받아 볼 수 있다. 괜히 평범함을 거부하고 싶은 사람들에게, 동물을 기를 여력은 부족하지만 재미있는 반려생물을 원하는 사람들에게, 주기적으로 화분을 돌보는 것조차 귀찮은 사람들에게 식충식물은 환상적인 대안이 되어줄 것이다. 먹이사슬을 거슬러 '틀 밖에서 생각하기'를 멋지게 해낸 식물들. 그러나 어쩌면 원래부터 틀 같은 건 없고, 더 무수한 가능성은 언제나 존재하는지도 모른다. 창가의 작은 화분을 보며 가능성을 한정 짓지 않는 일에 대해 생각할 수 있다는 건 참 멋진 일 아니겠는가!

워킹맘 발레리나의 덕후 권하는 사회

— 강유주 —

몰입에 대한 고찰

마흔 중반의 덕후 인생을 풀어내려면 10대 시절로 거슬러 올라가야 할 것 같다. 나의 10대는 꽤 단조로웠다. 요즘 아이들처럼 다양한 것들을 배우며 새로운 세상을 경험하지는 못했다. 공부해서 대학에 가는 것만이 주어진 사명이었고, 무용을 배운다는 건 그야말로 사치였다. 너무 옛날 사람인 티를 내나 싶지만, 미래를 이끌어 갈 아이들을 키우고 있는 40대 중후반의 기성세대라는 것을 밝혀 두기 위함이다. 학교에서 책과 씨름하는 게 전부였던 10대 후반의 일상에서, 체육 시간에 했던 무용 수업만큼은 반복되는 매일매일에 푸른 생명을 불어넣으며 작은 파문을 일으켰던 것으로 기억한다. 우아한 몸짓에 매료되어 정신이 몽롱했던 경험, 재능이 있으니 배워 보면 어떻겠냐는 무용 선생님의 제안을 받고 설렜던 순간, 일시정지 버튼을 눌러 두고두고 곱씹어 보고 싶은 기억들이다. 하지만 이런 설렘과 관심은 존중받지 못한 채,《모비 딕》의 스타벅처럼 그저 현실에 순응하며 살아가야 했다. 나의 모든 것을 끌어당겼던 '중력' 같은 무용은 간밤에 꾼 꿈처럼 그렇게 잊혀 갔다.

30년의 세월은 생각보다 빨리 지나갔다. 그러던 어느 가을 퇴근길, '성인 취미발레' 학원 간판을 운명처럼 조우하고 온몸에 아드레날린이 솟구치는 것을 느끼며 30년 전 눌러 두었던 일시정지 버튼을 다시 눌렀다. 그길로 나는 발레 덕후가 되었고, 인생은 이날을 전후로 나뉘었다. 며칠씩 먹지도 씻지도 않고 방구석에 처박혀 자기 세계에만 몰두하는 사람이 아니라, 내 영혼을 바쳐 열중할 수 있는 대상을 만나 흠뻑 빠지고 삶의 의미까지 찾게 되었으니 진정한 인생 2막이었다. 일렁이는 불꽃처럼 타오르듯 아름답고 경이로우며, 목성의 빛나는 오로라 광채처럼 눈을 감아도 눈이 부신 발레는, 매 순간 다른 모습을 보여주면서 좀처럼 지루할 틈을 주지 않아 빠지지 않을 도리가 없었다.

그 당시 나는 워킹맘이면서 두 아이를 사교육에 의지하지 않고 엄마표로 직접 가르치는 열혈맘이었다. 날마다 녹초가 되어 몸을 질질 끌고 다니며 정신이 없어도 너무 없는 삶을 살고 있었다. 나보다 나이 많은 언니들이 들으면 어디서 주름잡느냐고 한소리를 하겠지만, 정말 하루가 다르게 체력이 달리고 온몸의 기능이 떨어지면서 이대로는 오래 버티기 힘들겠다는 생각이 들었다. 발레 학원 간판을 보며 밤하늘의 저 별을 붙잡아 볼까 생각하다가도, 한편으로는 도달할 수 없는 이상이라는 절망감에 처음 며칠은 이상과 현실 사이에서 무척이나 허우적거렸다. 하지만 연달아 며칠 밤 발레 꿈을 꾸고, 길을 가다 소중한 무언가를 손에서 떨어뜨린 것 같은 느낌이 자꾸 들면서 마침내 결심하기에 이르렀다. 미술관에 걸려 있는 미술 작품처럼 마냥 빛나게만 두지 말고 더 늦기 전에 해 보기로 말이다. 생각하는 것만으로는 아무 일도 일어나지 않는 법이다. 실천하는 힘이 보태져야만 했다.

세상의 모든 편견과 평계를 뒤로하고 설렘과 두려움이 공존한 가운데, 그렇게 나는 발레 덕후로 입문했다. 마흔 중반의 아줌마가 현실 세계에서 용기를 내는 게 어디 말처럼 쉬운 일인가. 아직은 아이들도 잘 자라주고 있었고 회사도 곧잘 운영되었기 때문에 얼마든지 만족하며 살 수도 있었다. 하지만 어딘지 모르게 너덜너덜해 보이는 내 모습이 영 마음에 들지 않았다.

워킹맘 발레리나의 덕후 권하는 사회

모든 것에는 다 때가 있다더니 정말 그런 듯했다. 인생의 중턱에서 만난 발레가 세상의 모든 것을 끌어당기는 거대한 중력처럼 나를 끌어당겼으니 말이다. 잠시나마 가슴을 설레게 했던 학창시절의 향수가 묻어 있는 발레를 통해 '자아 찾아 삼만리' 해 보겠노라고 호기롭게 시작한 일이었기에 나의 덕심은 누구보다 견고했다. 그 덕분에 주변의 비아냥거림과 비현실적인 이상에도 흔들리지 않고 묵묵히 나의 길을 갈 수 있었다.

우주의 시작이 하나의 먼지였고 지구의 역사는 그 먼지가 모여 폭발하면서 시작되었다면, 인생 2막의 시작은 이 무한한 우주의 한 줌 작은 용기였고, 그 용기가 모여 덕후의 길로 입문해 진짜 발레리나가 되겠다는 야무진 꿈도 꾸게 되었는지 모른다. 어쩌면 우주보다 더 광활하고 깊은 존재는 열중할 수 있는 대상에 흠뻑 빠져 하루하루를 열심히 최선을 다해 긍정적으로 살아가는 우리가 아닌가 싶다.

덕후로 입문한 그날부터 나는 누가 봐도 발레리나였다. 자면서도 다리를 찢고, 꿈도 발레 꿈만 꾸고, 아이폰을 볼 때도, 책을 읽을 때도 늘 사이드 스플릿을 한 채로 한시도 몸을 가만히 두지 않았다. 그리고 상상했다. 호호 할머니가 되어도 레오타드를 입고 춤을 추는 내 모습을. 그렇게 발레를 하다 보니 매일매일 춤추지 않으면 몸살이 나는 지경에 이르렀다. 꿈이라는 게 꼭 어린아이만 꾸는 것인가? 나이 많은 아줌마라도 꿈꿀 수 있다는 걸 세상 사람들과 두 딸에게 보여주고 싶었다. 누구보다 치열하고 바쁜 삶이지만, 빌레로 삶의 에너지를 얻고 그 에너지를 원동력으로 더욱 건강하고 행복하게 살아갈 수 있음을 증명하고 싶었다. 그래서 매일매일 '불광불급(不狂不及)'을 되뇌며, 발레단에 입단하여 무대를 통해 소통하는 멋진 발레리나가 된 모습을 상상했다. 헛된 망상이면 어떠랴. 멋진 날갯짓을 하는 자체가 유의미한 인생 아니겠는가.

그렇게 시작한 발레가 이제는 삶의 일부가 아닌 삶 자체가 되었다. 이제 본격적으로 평범한 아줌마의 발레 덕질 이야기를 풀어보자.

워킹맘의 상상도 현실이 된다

잎들이 색색이 물들며 하나둘 가을옷으로 갈아입고 있었다. 내나이도 어느덧 여름을 지나 가을을 향해 가는 중이었다. 집과 회사를 오가며 시간을 흘려보내던 어느 날, 불현듯 살아야겠다는 생각이 들었다. 주변의 기대, 사람들의 시선, 내 안의 불안감에 얽매여 한 치의 오차 없이 바르고 정형화된 삶을 사는 것에 회의감이 밀려왔다. 존재 가치를 증명해야만 하는 듯 완벽의 덫에 빠져 안간힘을 쓰는 자신이 안쓰러웠다. 이제는 나다운 삶을 위한 용기가 필요한 시점인 듯했다. 아이들은 성장하고 있었지만 나는 죽어 가는 것 같았다.

그때, 발레를 만났다. 발레 학원 문을 처음 열고 들어가던 그 순간이 지금도 생생하게 떠오른다. 얼마나 떨렸는지 아빠 손을 잡고 결혼식장에 들어가던 때보다 더 떨리면 떨렸지 덜하진 않았다. 이제야 비로소 내가 내 삶의 주인공이 되는 세계로 발을 내디뎠던 그 마법 같았던 순간을 생각하면 지금도 몸이 들썩거린다. 인류 최초로 달에 착륙한 닐 암스트롱이 발을 처음 내디뎠을 때 이런 기분이었을까? 학원 벽에 걸린 발레 사진들을 바라보며 나는 이미 새로이 펼쳐질 세상으로 나가고 있었다. 그리고 곧 깨달았다. 새로운 세상이란 어떤 장소가 아니라 나의 상상하는 마음이고, 내가 만들어 가는 과정이라는 것을.

나는 처음부터 발레가 좋았다. 신은 전생의 기억을 모두 지워 버린다고 했는데, 왠지 모르게 전생의 기억이 돌아온 것만 같은 착각이 들면서 시작부터 빠져들었다. 취발러(취미로 발레를 배우는 사람)들은 퇴근 후 70분을 취미로 즐겼지만 나는 전공처럼 진지하게 다가갔다. 발레 학원 간판을 마주했던 그날부터 1년 후, 2년 후, 5년 후, 10년 후의 내 모습을 매일매일 상상했다. 무대에 선 모습, 콩쿠르에서 상 받는 모습, 아마추어 발레단 오디션에 합격하고 단원이 된 미래를 날마다 그려 나갔다.

생각해 보면 인류도 상상한 대로 진화해 왔다. 상상은 어린아이들만 하는 것도, 레오나르도 다빈치나 아이작 뉴턴 같은 사람만 하는 것도 아니다. 새처럼 날고 싶다는 인간의 오랜 꿈으로 결국 하늘을 날게 되었다. 나도 날고 싶은 욕망을 품고, 그 모습을 상상하고, 상상을 실현할 방법을 찾아보자고 생각했다. 상상하는 일은 보약을 먹은 것처럼 기운이 나게 하고 즐거움을 주었다. 아직 갈 길이 멀었지만 언젠간 이룰 꿈을 꾸며 매일이 즐겁고 행복했다. '행복'의 파랑새를 찾는 사람들에게 덕후가 이정표가 될 거라고 말해주고 싶었다.

어쨌든, 아무튼 나는 발레를 시작했다. 발레 덕후로 거듭나면서 옷차림도, 자세도, 라이프 스타일도 조금씩 달라져 갔다. 나의 변화에 지인들도 하나둘 관심을 가지며 물어왔다. 나는 호기롭게 공표했다. 발레리나가 될 거라고.

"프로 발레리나도 은퇴했을 나이에?"

"나이를 생각해."

"무릎도 안 좋으면서, 다치면 어쩌려고."

"좋은 운동 많은데 왜 꼭 발레야."

"발레가 얼마나 가학적인데."

"참 특이해, 굳이 발레를."

"그냥 애들이나 가르쳐."

박수는커녕 모두 찬물을 끼얹었다. 지금껏 가 보지 않은 새로운 길을 가는 것에 대해서 내가 만용을 부리는 것쯤으로 여기는 듯했다. 친한 친구라는 녀석은 적극적으로 뜯어말리며 나를 진심으로 생각하는 거라고도 했다. 응원을 바랐던 건 아니지만 최소한 용기는 줄 거라고 믿었기에 몹시 당황스러웠다. 하지만 뭐 어쩌겠는가. 내 인생의 행간을 그들이 알 턱이 없으니 말이다. 아이들한테는 상상력의 중요성을 그렇게 강조하면서 정작 우리 어른들은 얼마나 꿈꾸고 상상하며 사는가. 욕망과 현실 사이의 갈등에서 너무 쉽게 포기를 배우는 우리 나이가 그저 안타까웠다.

'너희들이 발레를 알아? 해 보기나 하고 말하는 거야? 두고 봐. 난 할 거야. 할 수 있어.'

나는 '40대라면 이래야 해, 50대라면 이렇지, 60대면 이래'라고 하는 스테레오타입이 정말 싫다. 아줌마지만 나도 꿈을 꾸고 싶은, '젊음'에서 멀어지기 싫은 사람이다. 젊은 친구들의 무한함이 부러웠고 나이 든 아줌마의 유한함이 서글펐다. 워킹맘으로 회사와 아이들만 바라보며 시들어 가기는 싫었다. 꿈을 잃고 싶지도 않았다. 언젠가 화병에 꽂아 두었던 빨간 장미꽃 한 송이가 시들어 자줏빛으로 쪼그라든 채 말라서 쓰레기통에 버려졌던 게 떠올랐다. 나를 위해서 미치고 싶었다. 실패하고 안 될 수도 있지만, 해 보지 못한 것에 대한 미련과 아쉬움이 더 클 것 같았다.

그래서 나는 발레 덕후가 되었고, 꿈꾸던 일상을 보내며 상상이 현실이 되는 마법을 경험하는 중이다. 매일매일의 덕질 라이프는 나의 삶을 한층 업그레이드해주었고, 나를 세상에 못 할 게 없는 사람으로 만들어주었다. 워킹맘의 상상도 현실이 될 수 있다는 것을 내 아이들과 주변 사람들에게 당당히 증명해 보이고 싶었던 나의 간절함은 그동안 아무 의심 없이 생각해오며 영혼 없이 내뱉던 '행복'이라는 단어에 대한 정의를 새롭게 내리게 해주었다.

나는 오늘도 상상한다. 파워풀한 그랑주테로 상공을 향해 날아오르는 찰나의 짜릿함을. 그 벅차오르는 순간을. 미국의 라이트 형제가 세계 최초로 하늘을 날았다면, 나는 불가능한 나이에 발레를 시작하여 중년 솔리스트로 무대에 서는 최초의 사람이 되고 싶었다. 믿거나 말거나.

덕후의 슬기로운 발레 생활

나는 언제나 나만의 색깔이 분명한 사람이다. 하고 싶은 일, 좋아하는 것, 먹고 싶은 것이 모두 분명했다. 그래서 뭔가에 몰입하고 몰두하는 일이 쉬운 편이고 결정도 빨랐다. 고백하건대 덕후로 입문한 후 행복했던 것은 사실이지만, 온종일 발레에만 빠져 있다 보니 처음 한동안은 업무도 육아도 살림도 좀 뒤죽박죽이었다. 롱런하는 덕후가 되려면 슬기로운 생활을 위한 대대적인 개편이 필요했다. 당장 가족회의를 열어 가족들에게 나의 꿈과 플랜을 얘기하고 도움을 청했다. 원래 우리 부부는 살림과 육아의 역할 분담이 잘되어 있었는데, 이번 기회에 조율하여 남편의 역할과 비중을 더 크게 두었다. 그리고 아이들에게도 자립심 강한 아이로 키운다는 명분을 내세워, 무심한 듯 지켜보며 스스로 해결하고 스스로 책임지는 태도를 기를 수 있도록 해주었다. 그렇게 물리적인 시간을 확보하고 심리적 부담도 덜면서 본격적인 덕후의 길로 나아갔다.

발레를 시작한 이후의 일상은 기승전 스트레칭이었다. 나이를 먹을수록 유연성이 빠른 속도로 줄어들기 때문에 유연하고 탄탄한 몸을 만들기 위해서는 무엇보다 스트레칭이 중요했다. 많은 사람들이 나이가 들면 유연성 향상이 불가능하다고 했지만, 다리 찢기에 성공하고 보니 그건 틀린 말이었고 점점 자신감이 붙었다. 아침마다 프런트 스플릿과 사이드 스플릿, 개구리 자세로 몸을 좀 풀어주고 간단하게라도 바워크를 한 후 출근했다. 야근이 디폴트가 되지 않도록 업무 시간에 온전히 힘을 쏟아 초집중했고, 시간을 그냥 흘려보내는 일이 없게 통제해 나가다 보니 업무 효율성도 더욱 높아졌다. 점심 먹고 나서 자투리 시간이 생기거나 졸음을 몰아내야 할 때는 유튜브로 발레 작품을 감상한다든지 특정 동작들에 대한 영상을 보면서 셀프 스터디를 하기도 했다.

나는 '절대반지'가 아니라 '절대정신'을 부르짖는 사람이다. 정신과 육체는 무관하게 작용한다고 했던 데카르트에게 반기를 드는 것까지는 아니지만, 모름지기 인간은 정신이 육체를 지배해야 한다고 생각한다. 전형적인 저녁형 인간인 나조차도 매일 아침 소풍 가는 마음으로 벌떡벌떡 일어날 수 있는 이유는 바로 정신력 때문이니까. 역시 인간은 정신이 육체를 지배하는 법이다.

퇴근 후에 시작되는 덕질은 요일에 따라 다르지만 보통 정규 클래스를 2개 연강으로 듣고, 일주일에 한두 번은 오전에도 개인 레슨을 받았다. 하지만 이것만으로 실력을 늘리기에는 턱없이 부족했다. 그래서 짜낸 묘안이 바로 아무 곳에서나 발레를 하자는 것이었다. 굳이 학원이나 연습실이 아니어도 모든 장소를 발레

할 수 있는 곳으로 만들어 체득하려고 했다. 길을 걸어갈 때도 늘 풀업한 채로, 어깨를 내리고 갈비뼈를 닫고 폴드브라를 하며 걸어갔다. 처음 한동안은 사람들의 시선이 의식되었지만 나중에는 아무렇지도 않았다. 이런 생활 습관은 이원국 발레리노에게서 영감을 얻은 것이다. 열아홉 늦은 나이에 발레를 시작했지만 우리나라를 대표하는 무용수가 된 이원국 발레리노는 버스 정류장 앞에서도 작품 연습을 하다가 지나가는 이들에게 미친 사람 취급을 받기도 할 정도로 피나는 연습을 한 사람이었다. 그게 너무 대단해 보여서 무작정 따라 했다. 발레는 쉽게 실력이 늘지 않기 때문에 투쟁에 가까운 안간힘을 쓰지 않으면 절대 발전이 있을 수 없다. 그래서 늘 새롭고 겸손해야 하는 것이 발레인 것 같았다. 하루하루가 반복의 연속이었지만 지루하다기보다 묘하게 다른 매력을 느꼈고, 그러는 사이 조금씩 조금씩 실력이 늘면서 영영 찾지 못할 것 같았던 자신감도 만나게 되었다.

정수리를 위로 끌어당기고 갈비뼈를 닫고 어깨는 내리고 턴아웃을 한 복잡하고 힘든 기본 동작을 유지하는 일은 꽤 힘들다. 궁극적으로 중력을 거스르는 미학이기에 힘든 게 당연하다. 하지만 수석 무용수라도 된 듯, 클래식 음악에 몸을 맡기고 모든 근심과 스트레스 따위는 저 멀리 날려 버린 채 우아한 백조처럼 춤을 출

때는 세상에서 가장 행복한 사람이 된다. 그랑주테를 하고 상공으로 날아오르는 그 찰나의 짜릿함과 벅찬 마음을 뭐라고 설명할 수 있을까.

플리에를 하고 중심 이동의 첫 단계인 탕뒤를 거쳐 진짜 중심 이동인 데가제를 한다. 그 뒤 골반과 엉덩이 관절을 체크할 겸 롱드잠 아테르를 하고 최대한 끈적하게 퐁뒤를 한 후 절도 있게 바트망 프라페를 한다. 하면 할수록 어려운 코디네이션 끝판왕인 롱드잠 앙레르를 하고 지구의 중력을 잘 느껴야 하는 데벨로페를 거쳐 대망의 그랑바트망까지 하고 나면 이제 춤출 준비가 된 것이다. 자, 이제 빙글빙글 턴도 돌고 높이높이 날아 보자!

어떤 날은 아침 일찍부터 나와 낮에 잠깐 일하고 밤늦게 집에 들어가는 날도 있었다. 연습실을 나선 후 별이 총총한 밤하늘을 보면 대학 시절 도서관에서 제일 마지막까지 남아 있다가 나오던 때가 떠올라 그렇게 뿌듯할 수 없었다. 갈증을 달래며 발레 메이트들과 마시는 아이스 커피 한 잔이 그리도 꿀맛 같았다. 다시는 만나지 못할 새벽의 공기와 시간이 이대로 멈췄으면 좋겠다고 생각했다.

늦은 밤 달빛을 맞으며 집으로 돌아오면 온종일 엄마를 기다리고 있었을 아이들과 시간을 보내는 데 집중했다. 슬기로운 덕후 생활을 위해서는 균형 잡힌 생활을 유지하는 게 무엇보다 중요하다. 엄마와 아빠의 하루, 아이들의 하루를 서로 나누고 아이들 숙제와 공부를 봐주는 시간이 더없이 소중했다. 두 아이가 모두 잠든 후에 다시 혼자만의 시간으로 돌아가 유튜브를 켰다. 로열발레단의 클래스를 듣고 아직 더 익혀야 할 작품들을 감상하고 나서야 비로소 잠자리에 들 수 있었다. 몸으로 빨리 체득하는 아이들과는 달리 몸도 굼뜨고 움직이는 과정 하나하나를 머릿속으로 이해한 후에나 동작이 나왔기 때문에, 영상과 개인 레슨으로 남들보다 더 많은 연습을 해야 했지만 이런 과정들이 참으로 즐거웠다.

세계 최대의 화학제품 회사인 듀폰 CEO는 바쁜 삶 가운데서도 짬을 내어 전혀 다른 분야의 책을 썼다고 한다. 내가 덕후가될 수 있었던 계기가 바로 이것이었다. 비록 처음에는 미미하겠지만, 시간을 짜내고 짜내어 노력하다 보면 점차 축적되어 나중에는 엄청난 결과물을 만들어 내고 다른 사람들이 감히 넘볼 수없는 사람이 될 것이라고 믿었다. 그런 믿음으로 과정 하나하나를 즐겼다.

언젠가 동기부여 강의에서 들었던 내용 중에 몸과 마음에 각인된 인상 깊은 실험이 있다. 커다란 통 안에 자갈과 모래와 물을채우는 실험이었는데, 자갈을 넣어 가득 차 보였던 통의 틈새로

모래가 스며들 수 있었고 더는 공간이 없어 보였으나 그 사이 또 물을 흘려 넣을 수 있었다. 이 실험에서 얻은 깨달음으로 시간을 쪼개고 또 쪼개서 아주 작은 공간도 메워 나가며 하루를 보내는 습관을 만들었고, 시간을 늘리는 마법을 꽤 부릴 줄 알게 되었다. 출퇴근 시간 같은 '틈새 시간'도 적극적으로 활용해 많은 일을 했다. 나도 다른 부모들과 마찬가지로 내 아이들을 엄청 사랑한다. 하지만 아이들 못지않게 나 자신도 매우 사랑한다. 그래서 초 단위, 분 단위로 시간을 쪼개 자신만의 시간을 보내며 나를 사랑했다. 온전히 나의 모습으로 서서 밝고 건강한 엄마로 아이들을 마주해야 아이들도 행복할 것 같았다. 건강하고 즐거운 엄마 밑에서 건강하고 즐거운 아이들이 자라고 나의 슬기로운 덕후 생활도 무럭무럭 피어날 수 있으니까.

우리 사회는 '다름'을 곧 '문제'로 인식하는 경향이 있다. 사람들은 남들과 다르게 사는 내게 도대체 언제 자고 언제 일하며 아이들은 누가 키우느냐면서 의아해하고 오해도 많이 했지만, 무슨 상관이랴. 나만 행복하면 그만이었다. 매일매일을 그냥 살아가는 사람과 꿈을 안고 살아가는 사람은 다르다.

발레숍에 쇼핑하러 가는 날은 생일 다음으로 행복한 날이었다. 점점 샤넬보다 레오타드가 더 좋아졌다. 그 어떤 명품 가방이나 예쁜 옷보다 레오타드가 좋았고 땀복이 좋았다. 사야 할 이유는 차고도 넘쳤다. 편해서 사고, 예뻐서 사고, 신상이어서 사고, 컬러가 독특해서 사고, 나한테만 어울려서 사야 했다. 발레리나의 올백 번헤어도 얼마나 우아한지.

추운 겨울밤이면 레오타드를 입고 온갖 워머로 레이어드를 했다. 그 위에 땀복을 입고 마지막으로 롱패딩을 걸친 다음 커다란 발레 가방을 메고 집을 나섰다. 아무리 추워도 절대 웅크리지 않는다. 풀업한 채 가슴을 활짝 펴고 우아하게 걸어간다. 나는 슬기로운 발레리나니까.

나의 재발견

발레 덕후로 몇 년을 살다 보니 뭔가 '특별한 사람'으로 진화한 것 같은 느낌이 들었다. 가족과 발레 메이트 말고는 이런 감정을 공유할 사람이 많지 않아 아쉬웠지만 그런 것쯤은 괜찮았다. 우주에 덩그러니 혼자 있지만 외롭다기보다 오히려 자유를 만끽하는 기분이었다. 아직 아마추어 발레단에 입단하지 못한 무늬만 발레리나일지라도, 마인드만큼은 이미 프로 발레리나였다. 온 우주가 몰라줘도 괜찮다는 당치도 않은 자신감으로 영혼을 갈아 넣은 노력과 열정을 쏟아부었다. 타인에게 인정받아야 하는 인정욕구도 강하고 고생과 능력을 몰라주면 화병이 나는 사람이었는데, 그런 내가 변화하고 있다는 것이 큰 발전이었다. 타인의 공감이 없어도 묵묵히 좋아하는 일을 하면서 나의 길을 가는 게 이토록 행복한 일이었다니. 가슴 벅찬 일이 됐든 힘든 상황이 됐든, 기쁨을 누리고 용기를 내어 변화하고 극복하는 건 스스로에게 달렸지 남이 나를 알아주고 치유해주는 게 아니라는 사실은 엄청난 깨달음이었다. 삶의 의미는 다른 사람들이 아니라 바로 나 자신에게서 발견해야 함을 깨치고 나니 그동안 미성숙하게 살아온 세월이 한심하고 부끄럽게 느껴졌다. 하지만 지금이라도 눈떴으니 얼마나 다행인가. 남이 몰라주고, 이해해주지 않아도 이제는 괜찮았다. 이만하면 족적을 남길 수 있는 '진짜 덕후'라고 할 수 있을 듯했다.

덕질은 인생에 기쁨과 충만함을 주었다. 덕질을 통해 나를 깊이 이해하며 매일매일 새로운 자신과 마주했다. 내가 정말 잘하는 것이 무엇인지, 진짜 좋아하는 게 무엇이었는지, 목부터 척추, 허리, 골반, 무릎, 발가락까지 몸 하나하나를 살피고 어디가 약하고 어디가 강한지도 알아 갔다. 내 몸이었지만 그 몸에 대해서 제대로 알지 못했던 어리석음이 부끄러웠다. 스스로 갈고닦는 수신제가를 중요시했던 유교 문화에서 자기 몸을 잘 안다는 것은 우

워킹맘 발레리나의 덕후 권하는 사회

주의 이치를 아는 것과 같다. 불혹에서 지천명으로 가는 길목에 서야, 비로소 내 몸을 사용하는 지식을 쌓으며 우주의 이치를 깨달아 가고 있었다.

잦은 부상으로 병원을 제집 드나들듯 하고 온갖 마사지 도구들이 하나둘 늘어나면서도 매일매일 뭔가를 끊임없이 하는 엄마 곁에서 아이들도 점차 변화했다. 마흔여섯의 엄마가 체득을 통해 사이드 스플릿과 프런트 스플릿에 성공하고, 사이드 데벨로페를 해서 다리를 귀 옆에 붙여 보겠다고 코어와 등 근육 힘을 키우느라 고군분투했더니 이런 모습을 보며 아이들도 긍정적으로 자라주었다. 부모라면 누구나 바라는 자기 주도 학습이 저절로 이루어졌다. 스스로 목표를 세우고 계획을 짜며 하나하나 이루어 나가는 습관이 아이들의 몸에도 시나브로 스며든 것이다. 눈코 뜰 새 없이 바쁜 엄마의 하루와 지독하게 열정적인 모습을 감사하게도 아이들은 닮아 갔다. 발레 좀 배운답시고 애들한테 소홀하고 집안도 엉망이 될 거라고 우려하던 주변 사람들의 걱정을 단숨에 눌러준 느낌이 들어 통쾌하기까지 했다. 언젠가 큰아이 일기장에서 엄마가 롤모델이자 멘토라는 글을 보고 어찌나 감격스럽고 눈물이 나던지, 그 순간의 감정은 미숙한 필력으로는 표현할 길이 없다.

가족들의 지극한 사랑과 협조 덕분에 나의 덕후 생활은 꽤 성공적인 것 같았다. 예전에는 일과 육아를 병행하면서 하루하루가 고되기만 했는데 전보다 더 바쁜 삶을 살면서도 힘겹다는 느낌이 들지 않았다. 내가 하는 일에 몰두해 최선을 다하고, 또한 최선을 다해 나를 아끼는 덕질을 하다 보니 발레 콩쿠르에서 수상하는 영예도 안을 수 있었다. 그러면서 어느새 나라는 사람에 대한 무한 신뢰와 사랑이 생겨 삶의 긍정적인 변화를 가져오게 된 듯하다.

몰입하는 데서 오는 순수한 기쁨을 느껴 본 사람은 알 것이다. 늘 내일이 기다려지고, 자신이 점점 더 좋아지며, 나의 그런 모습에 가족들이 좋아하고 주변 사람들도 덩달아 밝아지는 선순환이 일어난다는 것을. 이것이 덕후의 매력이라는 것을 말이다. 처음엔 단순히 나를 위한 즐거움으로 시작한 덕질이었지만, 주변 사회에 적극적으로 권해야겠다는 마음이 들기 시작했다. 그러면 밝고 능동적인 사회가 될 수 있으리라 생각했다.

해를 거듭하며 덕후의 농도가 짙어질수록 숙제처럼 남아 머릿속을 맴도는 단어가 하나 있었다. 바로 '고수'였다. 어느 분야에서나 고수가 되고 싶은 열망으로 뭐든 열심히 했지만 발레라는 세계에서의 고수는 차원이 달랐다. 하늘을 나는 매와 땅속 두더지처럼 엄청난 간극이 있었다. 그 엄격함 때문에 감히 시도조차

하기 어려운 일이었지만 그래도 나는 고수가 되고 싶었다.

한번 시작하면 끝장을 보는 기질이라 나에게 도전은 운명이었다. 단순히 '마니아'라고 치부하고 말 게 아니었으므로 접근을 달리해야 했다. 마니아와 덕후의 성질이 전혀 다름에도 간혹 개념이 혼용되기도 하는데, 이 둘은 기본적으로 다르다고 생각한다. 마니아는 단순히 좋아하는 것에 그치기 때문에 덕질을 하지 않는다. 발레 학원에서도 취미 생활로 발레를 하는 사람과 덕후인 사람은 극명하게 나뉜다. 굳이 말하지 않아도 차이가 눈에 보인다. 반면 덕후는 좋아하는 마음에 행동과 실천이 따르므로 책임감, 희생, 노력이 수반된다. 오히려 미국에서 말하는 '너드'가 덕후와 비슷한 개념이 아닐까 싶다.

어린아이들도 다 아는 애플의 창업자인 스티브 잡스, 페이스북 창업자인 마크 저커버그, 무인 자동차를 만드는 일론 머스크, 영화 〈터미네이터〉와 〈아바타〉를 연출한 제임스 캐머런과 같은 너드들이 21세기를 지배하는 데는 다 이유가 있을 것이다. 그렇다고 내가 이들처럼 세상을 지배하겠다는 것은 아니다(하하). 다만 단 한 번뿐인 인생인데 나의 작은 삶 안에서라도 분명한 족적을 남기고 싶을 뿐이다. 간절하게 이루고자 하는 꿈을 좇을 때 새로운 기회와 가치가 만들어지고, 이게 곧 삶의 변화를 일으키게 되는 것이니까.

이 나이에 발레를 배운다고 하니 이런 질문을 하는 사람들이 많았다. "다리 일자로 찢을 수 있어요?", "턴도 뱅글뱅글 도나요?" 아마도 못 할 거라 가정하고 묻는 말이었으리라. 그래서 요즘 부쩍 이런 생각이 든다. 그들의 코를 납작하게 해줄 후덜덜한 실력을 키워야겠다고. 이것이 진정한 나의 재발견이다.

쉼표, 사무치게 그리운 것

기어코 사달이 벌어졌다. 아마추어 발레단 오디션을 하루 앞둔 날, 하필 그날 밤에 일이 벌어지고야 말았다. 달빛조차 어디론가 숨어 버렸는지 네온사인만 요란했던 밤. 〈돈키호테〉 작품 연습을 마치고 마지막으로 학원 문을 나설 때였다. 무릎에서 참기 힘든 통증이 밀려오며 저절로 악 소리가 났다. 이따금 기분 나쁜 통증이 있긴 했지만 오디션이 코앞이라 소소한 부상쯤은 대수롭지 않게 넘겼던 것이 화근이었다. 20년 전, 반월상 연골판 제거 수술을 한 나의 무릎에는 쿠션 역할을 해주는 연골판이 없었다. 그래서 나는 뛰어도 안 되고, 양반다리도 안 되고, 쪼그려 앉는 건 더더욱 해서는 안 되었다. 허벅지 근육 운동을 열심히 하면서 버티다가 더는 견딜 수 없는 시점이 오면 인공관절 수술을 해야 하는

워킹맘 발레리나의 덕후 권하는 사회

상태로 무릎을 최대한 보호해야 하는 사람이었다. 주치의 선생님께서 수술하기에는 아직 너무 젊으니 근육으로 잘 버티며 가능한 한 오래 시간을 끌어야 한다고 늘 당부하셨는데, 명색이 덕후에게 그런 조언이 가슴에 남아 있을 리 없었다. 악 소리 나는 통증이 오고 나서야 그동안 이렇게 아팠는지도 모르고 연습만 했던 내가 너무 한심하게 느껴졌다. 몸을 쓰는 사람이 어쩜 이렇게까지 자신의 몸에 소홀할 수 있을까.

나에게 발레는 그런 것이었다. '아름다움에 대한 갈망'으로 발레를 보면 저절로 빨려 들어갔다. 아름다운 발레를 예쁘게 하려면 단순히 발레만 잘해서도 안 되고, 무엇보다 몸이 예뻐야 한다. 그래서 철저한 자기 관리와 컨트롤이 필요한데 이런 엄격함마저도 정말 좋았다. 도도한 매력으로 쉽게 다가가기 힘들고, 잘하기는 하늘의 별을 따는 것만큼이나 어려워서 늘 신선한 자극을 주었다.

머리끝에서부터 엉덩이, 허벅지, 발바닥까지 엄청나게 많은 힘을 주며 발레의 기본 동작인 턴아웃 자세를 유지하고, 중력을 거슬러 저항을 통해 날아오르는 모습을 흉내라도 내 보고, 정확한 포즈를 위해 눈빛, 손끝, 발끝, 몸의 작은 디테일 하나까지도 놓치지 않고 몸의 가장 아름다운 라인을 표현하고자 투쟁에 가까운 노력을 했다. 클래식 음악 선율에 맞춰 춤을 추다 보면 비명이 절로 나오는 토슈즈의 고통도 잊어버릴 만큼 신비로웠고, 발레리나들의 아름다운 움직임을 보며 그 디테일 하나하나를 닮아 가려 노력하는 과정에서 카타르시스를 느꼈다.

그런데 더 높이 날고, 더 많이 돌고, 더 늘리는 것에 집중한 나머지 몸이 보내는 신호를 놓치고 말았다. 여기서 쉼표라니. 밤보다 긴 암흑이 찾아왔다. 한 줄기 그늘이 스치며 가슴이 뻐근해져 왔다. 있을 수 없는 일이었다. 모든 앵글을 발레에 맞춘 채 발레단 단원이 되어 보겠다고 오디션만 바라보며 달려왔는데, 오랜 노력이 물거품이 되자 정신이 아득했다. 병원에서 처음으로 받은 '충격파 치료'는 문자 그대로 충격이었다. 눈에 눈물이 그렁그렁 괴었다.

그 흔한 '발태기'라는 것도 모르고 쉼 없이 달려오기만 했기에 슬픔과 두려움, 미움이 한데 뒤엉켜 상황이 야속하게만 느껴졌다. 하지만 절망에 빠져 긴 시간을 허비하지는 않았다. 어떤 식으로든 회복하고 싶었다. 이 시기 나에게 큰 도움이 되었던 두 가지가 있다. 하나는 70대 나이에 평생의 꿈이었던 발레를 시작한, 웹툰 〈나빌레라〉의 주인공 심덕출 할아버지였고, 다른 하나는 "내가 할 수 있는 최선은 멋진 그릇을 빚는 일"이라고 했던 故 신해철 씨의 말이었다.

'그래, 그릇은 그 자체로 가치 있지. 꿈을 이룰 수 있는 순간이 왔을 때, 그릇에 가장 멋진 모습을 담을 수 있도록 꾸준히 그릇을 빚고 가치를 지켜 내자.'

스스로 위로하고 또 위로했다. 그러면서 살아오며 여태껏 한 번도 제대로 본 적 없었던 내 발등과 발가락 하나하나가 눈에 들어왔다. 무신경하게 버려두었던 몸 구석구석을 들여다보면서 눈물이 터져 나왔다.

재활 훈련을 하며 몸의 각 부분을 공부하는 일은 꽤 가치가 있었다. 무릎이 좋지 않으니 근육과 인대에 더욱 집중하며 정렬을 제대로 해야겠다는 생각이 들었다. 재활을 위한 시간을 보낼수록 발레가 한층 사무치게 그리웠지만, 초심으로 돌아가 다시 차근차근 배우는 거라고 여기며 견뎌 냈다. 무조건 열심히만 한다고 되는 게 아님을 마흔여섯이 되어서야 깨달았다. 흔들리지 않고 피어나는 꽃이 어디 있겠는가. 내 인생에 새로운 전환점이 도래한 것이다.

발레는 마치 들판의 작은 생물들을 위해 등불을 켜주는 달맞이꽃 같았다. 저녁이면 꽃잎을 여는 달맞이꽃처럼, 나를 위해 등불을 켜고 수많은 밤을 함께해 주었으니까 말이다. 잠시의 헤어짐조차 정말 힘들지만 신이 이렇게 '잠깐 이별'의 시간을 준 이유가 분명 있을 것이다. 나의 열정과 에너지를 잠시 내려놓고, 관점을 바꾸고 내면을 치유할 시간이 필요하다는 의미이리라. 비록 덕질은 조금 쉬어 가지만 영혼을 바쳤던 열정으로 체계적인 준비를 하며 '진정한 덕후'로 거듭날 것이다. 마침내 숨 고르기를 끝내고 날아갈 준비가 되었을 때, 나는 더욱 강하고 아름다운 나비가 되어 날개를 펴고 날아갈 것이다.

덕질은 나를 더 사랑하는 방법

"세상은 정말 큰 놀이터예요. 근데 어른이 되면서 그걸 잊어버리는 것 같아요." (영화 〈예스맨〉)

사람들이 그저 현재에 머물며 꿈을 자꾸 잊어버리는 것 같아 안타깝다. 가을바람에 잎이 떨어지듯, 그대로 시들고 약해져 흩어지지 말고 우리 마음속에 꿈과 희망의 등불을 밝혀 보라고 말하고 싶었다.

나는 내가 좋아하는 것을 먹고, 좋아하는 것에 관해 이야기할 때 가장 열정적이고 빛나는 사람이다. 발레 덕후로 입덕을 하고 그게 얼마나 좋은지 알게 되었으니 사회에 선한 영향력을 행사하는 사람이 되고 싶어졌다. 그래서 사람들에게 미뤄 두었거나 꼭꼭 숨겨 두기만 했던 좋아하는 일이 있다면 당장 꺼내서 해 보라고 권하고 싶다. '덕후'가 된다는 그 자체만으로도 삶에 희망을 안겨주고, '무슨 일이든 할 수 있다'는 자신감을 주기 때문에 자신을 성장시킨다. 삶에 대한 벅찬 감정이 넘치는 에너지가 되어 개인의 성장은 물론 사회를 변화시킬 수도 있다고 믿는다.

처음에는 과연 나도 덕후라고 명함을 내밀 수 있을까 싶었고, 마흔 중반의 워킹맘이 가능할까도 싶었다. 하지만 덕후가 별거랴. 좋아하는 일에 빠져 몰두하고 사랑하다가 삶의 의미도 덤으로 알게 되었다면 그게 바로 덕후다.

덕후로 살면서 꼭 잘하고 성공해야만 하나? 덕후 초보 시절에는 잘해야만 한다는 강박으로 너무 스스로를 몰아붙이다가 화를 입기도 했지만 지금은 아니다. 그 과정이 정말 소중하고 행복했다는 것을 이제는 안다. 열정적으로 좋아하는 일, 생각만 해도 설레던 일을 만나 내가 나임을 온전히 맛보았고, 내가 없던 삶에서 이제 나 자신이 주인공이 되어 하루하루 행복이라는 선물을 받았으니, 덕후로서 반은 성공한 것이다.

깨닫지 못할 뿐이지 우리는 누구나 무언가의 덕후다. 아마 대한민국의 부모들이라면 자녀 사랑의 덕후일 것이고, 신혼부부라면 배우자를 사랑하는 덕후가 아니겠는가. 덕질은 누군가를 통해 나를 더 사랑하는 방법이다.

일제 강점기에 몹쓸 사회가 사람들을 절망에 빠트리고 푸념하게 하며 술 권하는 사회를 만들었다면, 나는 덕후 권하는 사회를 만들어 희망을 노래하고 싶다. 덕질은 나에 대한 애정이고 사랑이다. "지금의 삶이면 충분하지 않냐"는 사람들에게 그렇지 않다고, 자신을 사랑하고 행복해지라고 말해주고 싶다. 좋아하는 일이 밥을 먹여주는 건 아니지만 사람은 밥만 먹고 살 수 없다. 마음에도 밥을 주어야 행복해진다. 내 마음에 주는 밥이고 보약이었던 발레를 잠시 쉬어 가지만, 이 기회에 몸을 재정비하고 더 큰 도약을 위해 숨 고르기 하며 미래로 날아갈 준비를 할 것이다.

인상파의 아버지라 불리는 프랑스 화가 클로드 모네가 백내장으로 시력을 잃어 가면서도 붓을 내려놓지 않고 꽃을 그린 것은, 인생을 전부 바쳐야 할 꽃들을 그려야 하기 때문이었다. 나도 마찬가지이다. 인생 전부를 바치고 싶은 발레를 계속하고 싶기에 재활을 포기하지 않는다. 덕후로 살면서 느꼈던 행복감을 언젠가 또다시 만나고 싶고, 다른 사람들 또한 행복하기를 바라며 오늘도 나는 덕후를 권해 본다.

달빛 하나 없는 밤, 별빛이 점차 희미해지더니 하늘이 옅은 회색빛으로 바뀌었다. 날이 밝아오면서 새들도 잠에서 깨어났다.

다시 일어날 나의 거대한 변화를 기대하며 숨을 고른다.

"모두 모두 덕후 되세요~"

이토록 로판에

- 한지민 -

로판 아세요?

로맨스판타지. 줄여서 로판. 웹소설을 즐겨 읽는 사람이라면 읽든 안 읽든 로판이 뭔지 알 것이다.

지금 이 글을 읽는 당신, 웹소설을 좋아하는 사람이라 가정하고 묻겠다. '로판'이라는 단어를 들으면 무엇이 떠오르는가? 뜻하지 않게 트럭에 치여서 가짜 중세 콘셉트의 '이세계'에 회귀/빙의/환생한 여자 주인공(이하 '여주')? 고귀한 신분에 싸움도 잘하고 머리도 좋지만 다른 사람에겐 차갑고 오로지 여주에게만 따뜻한 남자 주인공(이하 '남주')?

아니면 고급스러운 프릴과 레이스로 장식된 풍성한 드레스, 천문학적인 가격의 보석과 귀금속으로 만들어진 장신구? 궁정과 연회장에서 벌어지는 귀족 간의 기 싸움과 그네들 특유의 돌려서 욕하기 화법? 인간의 제국과 마법사의 마탑, 드래곤의 레어와 엘프의 숲?

로판의 대외적인 이미지는 일반적으로 이러할 것이다. 하지만 솔직히 무엇이든 좋다. 배경이 우주여도, 신분제가 없어도, 마법이 존재하지 않아도, 아예 다른 장르가 섞여도. 로맨스와 판타지 요소가 약간이라도 들어간다면 얼마든지 로판으로 분류될 여지가 있다. 단지 웹소설 시장에 나오는 로판 중 통상적인 프레임에서 벗어나는 작품의 비율이 낮을 뿐이다. (아마 경제적인 이유 때문일 것이다. 실험작으로 괜한 모험을 하고 싶은 출판사는 거의 없다.) 이렇게 보면 로판이란 장르는 융통성 있으면서도 한편으론 보수적이다.

그래서 나는 로판이 좋다. 이미 어렸을 때부터 좋아했고 앞으로도 그러할 것이다. 누군가는 내가 좀 더 나이를 먹으면 소위 '탈덕'을 할 거라고 얘기하는데, 글쎄다. 내 감은 호호 백발 할머니가 되어도 로판을 덕질할 거라고 속삭인다. 세상에 휴덕은 있어도 탈덕은 없다.

현재 나의 목표는 로판이란 장르에 더더욱 푹 잠기는 것이다.

이미 덕후면서 뭘 또 그러느냐는 소리가 들리는데, 이 자리에서 한 가지 솔직하게 고백하겠다. 사실 나는 지금까지 로판을 약 60종 정도밖에 못 읽었고, 완독한 작품은 약 40종 정도에 불과하다. 이미 읽어 본 작품만 기백에 달하고, 매달 로판에 수십만 원씩 쏟아붓는 '찐'들에 비하면 정말이지 하찮은 수준이다. 그래도 우리나라 설화 속 나도밤나무처럼 "나도 로판 덕후다!"라고 꿋꿋하게 외치련다. 아직 발전하는 중이지만, 원래 이미 완성된 상태보다 계속 성장하는 상태가 더 좋은 법 아닌가? 그럼 지금부터 이 현재진행형 로판 덕후가 부르는 로판 찬가에 귀 기울여달라.

내 로판 덕질의 역사

2013년 1월, '네이버웹소설'이 처음으로 서비스를 시작했다.

당시 중학교 3학년생이던 나는 로맨스와 판타지 웹툰에 푹 빠진, 로판 덕후의 훌륭한 새싹이었다. 그러니 이번에 새로 생겼다는 네이버웹소설에 접속하자마자 제일 먼저 로맨스판타지 카테고리부터 클릭한 건 어찌 보면 당연한 수순이었다.

기억하기로 생애 첫 번째 로판은 유세라 작가님의 《고양이가 있는 서점》이다, 아마도? 김리안 작가님의 《프린세스 아이린》일 수도 있지만 내 불변의 취향을 생각했을 때 그 당시 '고양이'와 '서점'이란 키워드를 그냥 지나쳤을 리가 없다. 둘 다 내가 가장 좋아하는 동물, 가장 좋아하는 공간이었으니 이 소설은 분명 재미있을 거라고 확신했다. 과연 예상은 적중했다. 정말, 진짜, 너무 재미있었다. 오죽하면 매주 최신 화가 올라오는 화요일, 금요일이 되면 심장이 빠르게 뛰었을까. 그렇게 내게 웹소설이란 신세계가 열렸다.

본디 덕후는 한 작품에 만족하지 못하는 법이다. 나는 《고양이가 있는 서점》에 이어 《프린세스 아이린》을, 《프렌시아의 꽃》을, 《황태자의 애완 고양이》를 읽었다. (그 외에도 무협과 판타지 등 다양한 장르의 작품을 찍어 먹어 봤지만, 지금 이 글의 주제는 로판이므로 로판에만 초점을 맞추겠다.) 그러다 정식 연재 작품 중 더 이상 읽을 게 없으면 챌린지리그까지 뒤졌다. 거기서 아주아주 재미있는 동양풍 로판을 하나 발견했는데, 도통 제목이 기억나지 않으니 통탄할 따름이다. 제물로 바쳐진 여주가 신의 아들과 사랑에 빠지는 내용이었다. 혹시 짐작 가는 작품이 있다면 제보해주시라.

아무튼 2013년은 참으로 풍성한 덕질의 해였다. 행복한 시절이었다.

그러나 고등학교에 입학한 이후로는 로판을 거의 읽지 못했다. 로판뿐일까. 웹툰과 웹소설을 즐기는 시간 자체가 줄어들었다.

학업이 내 덕질을 방해했다. 아니, 그냥 스스로 덕질을 절제했다. 덕질 때문에 대학 입시에서 떨어진다면 사랑했던 작품을 원망하게 될 것 같아서 일부러 멀리했다. 게다가 언제나 쫓기는 듯한 기분이었으니 소설이 제대로 읽힐 리 만무했다.

'미안해. 우리 잠시만 떨어져 있자. 대학에 붙으면 꼭 다시 돌아올게.'

그렇게 연인과도 같았던 로판과 일별했다. 별달리 낙이 없던 시기였다. 시간은 의외로 빠르게 흘러갔다. 수능이 끝나고 운 좋게도 재수할 필요 없이 원하던 대학에 단번에 붙었다. (딱히 믿지는 않지만 신이시여, 감사합니다.) 새내기 대학생이 된 후 처음으로 읽은 로판은 이제 로판계 고전의 반열에 오른 작품, 혜돌이 작가님의 《아도니스》였다. 웹소설을 돈 주고 읽은 것도 이때가 최초였다.

이전에는 유료 연재분이 무료로 풀리기만을 기다려야 했다. 눈앞에 다음 회차가 있는데 다음 주까지, 혹은 내일까지 기다려야 한다니 마치 고행하는 수도승처럼 몸속에 사리라도 만드는 심정이었다. 그런데 이제는 대학생이랍시고 용돈을 더 받게 되어 그럴 필요가 없어졌다. 어느 정도는. 하지만 성인이 되자 생각보다 돈 나갈 구멍이 많아졌다. 등록금도 내야 했고, 교재도 사야 했고, 끼니도 챙겨야 했다. 예산이 한정되어 있으니 자연히 웹소설 읽기를 포함한 대부분의 취미 생활에 제약이 걸렸다.

읽을 작품을 선택할 때 신중할 수밖에 없었다. 카카오페이지를 기준으로 하면, 별점이 9.9 이상이 아닐 땐 1화도 읽지 않았다. 괜히 읽었다가 미련을 남기긴 싫었다. 그렇게 고르고 골라 읽은 작품을 몇 가지 꼽자면 대표적으로 《구경하는 들러리양》, 《악녀의 애완동물》, 《황제궁 옆 마로니에 농장(이하 '황마농')》, 《로열 셰프 영애님》, 《남주의 연적이 되어 버렸다》 등이 있다. 모두 훌륭한 작품이었다. 여러분께도 추천드린다.

대학 생활 내내 로판은 나와 함께였다. 로판은 지하철로 긴 통학을 할 때 지루함을 달래주었다. 내가 심심할 때는 밤새도록 웃음과 설렘을 선사했다. 미래가 불안해 우울할 때는 잠깐이나마 도피처가 되어주었다.

눈 한 번 깜빡하는 사이에 5년이 지나갔다. 나는 대학을 졸업했고, 반년 동안의 공백기를 거쳐 청년 정책의 일환으로 어느 공공기관의 인턴이 되었다. 월급은, 맙소사, 200만 원이 넘었다! 당연한 말이지만 대학생 때 뛰던 최저시급 아르바이트와는 비교도 할 수 없었다.

그 덕분에 약간… 고삐가 풀려 버렸다.

마침 언젠가 읽겠노라 벼르고 벼르던 작품을 엑셀로 정리해서 목록으로 만든 참이었다. 정신 차리고 보니 어느새 한 달에 15만

원 이상은 로판에다 쓰고 있었다. 이게 현재 내 상태다. 한 달에 1만 원, 형편이 넉넉하면 2만 원 쓰던 시절과는 상황이 완전히 달라진 것이다. 현자타임, 줄여서 현타가 오긴 했지만 동시에 기뻤다. 이제 내가 번 돈으로 내가 선택한 작품을 원 없이 읽을 수 있다. 더 이상 머리 아프게 어느 작품을 포기할지 고민하지 않아도 된다. 이로써 나는 진정한 로판 덕후에 한 발짝 더 가까워졌다.

클리셰, 클리셰, 클리셰!

클리셰(Cliché).

원래 '진부한 표현'을 가리키는 용어이지만 웹소설판에서는 '예상 가능한 전개 혹은 설정'이라는 뜻으로 쓰인다. 로판의 대표적인 클리셰는 뭐가 있을까?

먼저 회귀/빙의/환생, 줄여서 '회빙환'이 있다. 회빙환은 꼭 로판이 아니어도 많은 웹소설에서 1화를 여는 데 자주 쓰이는 설정으로 이젠 거의 기본이라 불러도 좋을 지경이다. 주인공은 기억을 유지한 채 억울한 죽음이나 후회되는 순간 이전으로 시간을 거슬러 올라가기도 하고, 전생에 좋아하던 책이나 게임 속 캐릭터의 몸에 자기 영혼이 들어가기도 하고, 원래 살던 곳과 완전히 다른 세계의 구성원으로 다시 태어나기도 한다. 참고로 꼭 회빙환 중 한 가지만 일어나라는 법은 없다. 빙의한 다음에 회귀를 할 수도 있고, 빙의와 동시에 환생할 수도 있다.

그럼 작가는 왜 주인공을 '회빙환'시킬까? 그 이유는 웹소설의 본질과 맞닿아 있다.

웹소설은 짧은 시간에 소비되는 스낵 컬처(Snack Culture)이다. 그렇기에 작가는 독자를 이야기에 빠르게 몰입시켜야 한다. 해외로 진출하지 않는 한 로판 독자는 보통 21세기 한국인이니 로판 주인공 또한 한국인이면 그 과정이 훨씬 더 수월해진다. 그래서 로판 주인공이 원래 21세기 한국인이었다는 설정이 많은 것이다. 현대 한국인처럼 사고하는 주인공은 한국인 독자를 대신해 이세계를 탐험하고 독자는 여기서 대리만족을 느낀다.

로판의 또 다른 클리셰로 여주의 흡인력이 있다. 여주는 마성의 매력을 소유하며 그 매력은 여주의 인성에 뿌리를 둔다. 덕분에 온갖 사람들이 여주에게 호감을 느낀다. (반면 여주를 시기, 질투, 증오하는 인물은 대개 파멸에 이른다.) 특히 권력과 재력과 무력과 지성과 미모를 갖춘 인물들이 꼬이게 되어 있다. 여주는 어떻게 이런 팔방미인들과 우호적인 관계를 형성하는 걸까? 간단하다. 이 잘난 인물들에겐 보통 불행한 과거와 정서적인 결함이 있는데, 여주는 그 아픔에 공감하고 상처를 보듬어주며 그들을 '구원'한다. 그러면 이들은 여주에게 '집착'하게 되고, 서로를 견제하며 여주의 관심을 독차지하려 한다.

지금까지 얘기한 것 외에도 많은 클리셰가 있다.

가령 여주의 머리카락은 분홍색이고 남주의 머리카락은 검은색이라든가.

남주는 보통 황제, 황태자, 북부대공, 공작 중 하나라든가.

이야기의 끝은 행복한 결혼이며 외전은 임신, 출산, 육아를 다룬다든가.

어떤 사람은 이 클리셰 때문에 로판을 읽지 않는다. 뻔해서 싫다는 것이다. 반대로 나 같은 로판 덕후는 이 클리셰 때문에 로판을 읽는다. 뻔해서 좋다는 것이다. 이는 이미 무슨 맛인지 알고 있는데도 자꾸 같은 식당, 같은 음식을 선택하는 심리와 같다. 게다가 애초에 클리셰 없는 장르(Genre)문학은 없다. 공통된 특징이 있기 때문에 여러 작품이 하나의 장르를 형성하는 게 아닌가? 물론 클리셰를 너무 남발하면 역효과가 일어나기도 하지만, 적절히 사용하면 그만큼 재미있는 게 또 없다. 그러니 아직 로판 덕후가 아닌 당신, 약간의 규칙을 숙지하고 나와 함께 로판을 읽으심이 어떠한지?

색다른 명작

앞선 글에서 로판 클리셰를 한껏 옹호했다. 그런데 사람의 마음이란 참 간사해서 가끔씩은 다른 음식도 맛보고 싶은 법이다. 그럴 때마다 보물찾기라도 하듯 숨은 명작을 찾아 나선다. 이 명작들이란 대개 유행이 지났거나, 대중의 취향에서 벗어났거나, 출간 당시 운이 나빴거나 하여간 더 이상 사람들이 찾지 않는 작품이다. 그래도 여전히 덕질하는 사람들이 남아 있어 제발 한 번만 읽어달라는 영업 트윗이 간간이 트위터 타임라인에 올라오기도 한다.

거기에 영업당한 덕후가 있냐고? 여기 있다. 바로 나다. 그러니 선배 덕후들의 배턴(Baton)을 넘겨받아 나도 여러분께 영업을 좀 해 볼까 한다.

먼저 전후치 작가님의 《우리는 피터팬을 부른다(이하 '우피부')》 얘기를 빼놓을 수 없다. 계급제가 있는 가상의 디스토피아 대한민국의 한 고등학교에서 벌어지는 청춘 드라마로 가히 내 인생작이라 할 만하다. 주인공은 '천이플'이란 17살 소녀인데, 부당한 현실에 웃음과 재치로 저항한다. 그런 이플이의 모습을 보고 있자면 즐거우면서도 한편으로는 슬프다. 그 외에도 다양한 등장인물이 나오며, 각자 개성이 있고 저마다의 사연이 존재한다.

사실 나는 이게 왜 로판으로 분류되었는지 잘 모르겠다. 차라리 청소년문학으로 분류되었다면 작가님께 더 많은 영예가 돌아가지 않았을까? 같은 작가님의 다른 작품인 《영원한 너의 거짓말(이하 '영니거')》도 《우피부》 못지않게 감동적인 작품이다. 여기선 남편을 살해한 사실을 부인하며 선상을 탈출하려는 여성 죄수 '로젠'과 그를 섬으로 호송하려는 공군 출신 전쟁 영웅 '이안'이 등장한다. 즉 각각 《영너거》의 여주와 남주 되시겠다.

두 사람의 사회적 위치는 극과 극에 있다. 그러나 둘 다 전쟁과 폭력의 피해자라는 공통점이 있다. 언론은 로젠이 남편을 죽이고 몇 번이나 탈옥한 사실을 강조하며 국민의 분노를 로젠에게 돌린다. 정부는 빼어난 용모를 타고난 이안을 군대의 얼굴마담으로 이용하며 국민의 기대를 이안에게 돌린다. 그렇기에 이야기가 진행될수록 두 사람은 점점 서로를 이해하게 되지만, 로젠은 끝까지 처음의 목적인 탈출을 잊지 않는다.

너무 전후치 작가님 작품만 이야기했나? 이제 다른 작가님 작품도 영업하겠다.

만약 문장이 아름답고 내용이 가혹한 작품을 원한다면 알브레히트 작가님의 《어릿광대의 우울》을 추천하고 싶다. 이 작품은 로판치곤 드물게 남주인 '광대'의 시점으로 이야기가 진행된다. 광대는 왕위를 두고 서로에게 칼을 겨누는 두 왕녀 사이에서 갈

　　　　　　　　　　　　　　이토록 로판에

등한다. 그에게는 두 왕녀 모두 소중하기 때문이다. 하지만 살벌한 왕궁에서 고작 광대의 신분으로 할 수 있는 일은 거의 없다.

이런 피폐물보단 가볍게 읽을 수 있는 힐링물을 보고 싶다면 여왕 작가님의 《구원자의 요리법》을 권한다. 21세기 한국인 요리사 '강유정'이 이세계로 가는 이야기로 음식 묘사가 정말 맛깔난다. 하지만 초반에 진입장벽이 좀 있다. 보통 다른 차원이동물에서는 늦어도 3화 이내에 주인공이 이세계로 이동하는데, 강유정은 무려 15화에 이세계로 이동하고, 22화에 겨우 이세계인과 접촉한다. 이 구간만 참으면 그다음부터는 아주 재미있는 먹방이 기다리고 있으니 잠깐만 인내심을 발휘해주시라.

혹시 《해리 포터》 같은 판타지를 즐기고 싶다면 김다현 작가님의 《교활하지 못한 마녀에게(이하 '교못마')》가 딱 알맞을 것이다. 《교못마》는 탄탄한 세계관과 매력적인 캐릭터, 감동적인 서사까지 삼박자를 다 갖춘 수작이다.

만약 《교못마》가 마음에 들었다면 후속작인 《새를 잊은 마녀에게(이하 '새잊마')》도 추천한다. 《새잊마》는 《교못마》에서 약 30년 뒤의 이야기를 다룬다.

마법판타지보다 SF가 더 취향이라면 정선우 작가님의 《낙원의 이론(이하 '낙론')》이 제격이다. 오염된 세계, 정화 기능이 있는 용의 사체 위에 도시를 세운 인간들, 그리고 오래전부터 전해져 내려오는 불길한 예언. 《낙론》은 이 디스토피아에서 상처받은 3명의 청춘이 간신히 명맥을 유지하고 있는 문명을 뒤집어엎으며 혁명을 일으키는 이야기이다.

이 작품의 내표적인 특징을 하나 꼽자면 독특한 세계관을 들수 있다. 《낙론》에는 마법사 대신 '동조자'가, 마나 대신 '온'이, 검과 지팡이 대신 '총'과 '온디딤'이 있다. 그래서 초반에 이런 고유한 설정을 익히는 데 약간 애를 먹을 수도 있다. 하지만 그렇기에 《낙론》이 특별한 것이다. 소개글에 있는 "로맨스판타지계의 엄청난 돌풍을 일으킨 작품"이라는 표현은 과연 헛말이 아니다.

지금까지 언급한 작품 외에도 영업하고 싶은 작품이 수두룩하지만, 여러분이 지루해할 수도 있으니 추천은 이만 여기서 끝내겠다. 아 참, 그리고 이 자리를 빌려 무관심 속에서도 꿋꿋하게 명작을 영업해주신 덕후분들께 진심으로 감사하다는 말씀을 올린다.

웹툰화 소식이 날아든다

잊혔던 작품이 망각의 우물에서 끌어올려져 다시 빛을 보게 되는 경우가 있다. 바로 '웹툰화'이다. 웹소설을 웹툰으로 재가공

할 생각을 하다니, 대체 누가 이런 기발한 아이디어를 낸 걸까? 덕분에 지갑은 나날이 얇아지고 있다. 아이디어 최초 발상자님, 부디 제 빈약해진 재정을 책임져주시길! (농담입니다.)

처음으로 접한 웹툰 버전 로판은 《아도니스(원작 혜돌이, 글 구당, 그림 결정)》였다. 이 소식을 듣고 나는 상당히 놀랄 수밖에 없었다. 아니, 정말 이걸 웹툰화한다고? 지금까지 연재된 분량이 얼만데 진짜로? 게다가 아직도 연재 중인데?

어쨌거나 웹툰 《아도니스》는 웹소설과는 또 다른 즐거움이 있었다. 이미 알고 있는 이야기인데도 글이 아닌 그림으로 보니 느낌이 새로웠다. 더 나아가 감격스럽기까지 했다. 덕후 식으로 표현하자면, 최애들의 존안을 뵐 수 있어서 영광이었다….

이후 수많은 웹소설의 웹툰 버전이 난다 긴다 하는 플랫폼에 우후죽순 쏟아져 나왔고, 지금은 꽤 흔한 일이 되어 버렸다. 대박, 초대박을 친 웹소설은 거의 무조건 웹툰화된다. 웹툰뿐일까. 굿즈, 오디오, 드라마, 애니메이션 등 온갖 OSMU(One Source Multi Use) 사업이 벌어진다. IP 하나에서 최대한 많은 수익을 뽑아내는 것이다.

완결 후 한참이 지났어도 이미 상업성이 검증되었다면 웹툰화 대상에 오른다. 일례로 정연 작가님의 《황마농》은 2017년 카카오페이지에서 론칭했지만 2022년에 웹툰화되었다. 빠르게 변하는 웹소설 시장에서 5년은 엄청나게 긴 시간이다. 그걸 감안하면 《황마농》이 얼마나 독자들에게 사랑받았는지 알 수 있다.

이제 플랫폼 메인화면에는 원작 소설이 따로 있는 웹툰과 웹툰 자체가 원작인 작품의 비율이 비등비등하게 노출된다. 창작의 주체가 개인에서 집단으로 넘어가고 있음을 알 수 있다. 동시에 마치 할리우드 영화처럼 비슷한 작품이 양산되는 경향도 보인다. 전자는 더 질 좋은 작품을 만들기 위해 여러 사람들이 서로 협력한다는 뜻이니 긍정적인 현상이라고 생각한다. 하지만 후자에 대해서는 안타까운 마음이 든다. 자칫 창작 생태계의 다양성을 무너뜨릴 수 있기 때문이다.

사정을 아예 이해하지 못하는 것도 아니다. 웹소설의 웹툰화에는 많은 시간과 노력, 자본이 들고 공동 창작인 만큼 여러 사람의 생계가 달려 있다. 자연히 웹툰화할 작품을 고를 때 보수적인 태도를 취할 수밖에 없다. 모험을 감수하기보단 흥행의 공식을 따르는 것이다.

이에 관해선 국가적 차원의 예술인 복지가 필요하다고 본다. 신인 작가가 개성 넘치고 실험적인 작품을 준비하다 중간에 망해도 다시 일어설 수 있게 도와주는 사회적 안전망이 보장되어야 한다. 다만 대한민국에선 창작 노동의 가치를 평가 절하하는 경향이 있어 많은 것을 기대하기 힘든 현실이 답답할 따름이다.

짠순이의 로판 읽기

사실 나는 짠순이다.

로판을 사랑하지만 로판에 간도 쓸개도 다 빼주는 사람은 아니다. 이렇게 말하면 로판 덕후 실격이려나? 하지만 들어 보시라. 내 돈 안 들이고 합법적인 루트로 로판을 보려면 사람 자체가 매우, 매우 성실해야 한다. 그러므로 어떤 의미에서 나는 아주 지독한 로판 덕후다.

아침에 침대에서 눈뜨자마자 스마트폰으로 플랫폼에 접속해 출석 체크를 하는 것은 기본이다. 각종 이벤트 소식을 받기 위해 알림을 ON으로 설정하는 건 말할 것도 없다. (그래도 접속은 수시로 하는 것이 좋다. 알림으로도 알 수 없는 혜택이 있기 때문이다. 나는 최소 오전, 정오, 오후 3시, 저녁 6시, 밤 10시, 밤 11시에 각종 웹툰, 웹소설 플랫폼을 순회한다.)

그 이벤트라 하면 보통 보상을 내걸고 어떤 '미션'을 수행하길 요구한다. 미션은 크게 돈을 써야 하는 미션과 돈을 안 써도 되는 미션으로 나뉘는데, 짠순이인 나는 당연히 후자를 선택한다.

미션의 종류는 여러 가지이다. 우선 플랫폼에서 프로모션 중인 작품을 정해진 분량 이상 읽어야 하는 미션이 있다. 이때 작품을 읽지 않고 그냥 휙휙 넘겨도 미션을 수행한 것으로 인정된다. 또

앱을 자기 스마트폰에 처음 설치하는 미션도 있다. 게임 앱인 경우 접속 및 캐릭터 생성, 특정 스테이지까지 클리어를 요구하기도 한다. 라이브방송 시청하기 또는 SNS 계정 팔로우하기도 종종 나오는 미션이다. 이때 보통 미션 수행의 증거로 스크린샷을 업로드하라는 요구를 받는다. 그 밖에도 특정 사이트에 회원 가입하기, 퀴즈 풀기, 인터넷 쇼핑몰이 운영하는 카카오톡 채널 친구 추가하기 등이 있다.

이 중 괜히 시간만 잡아먹는 것도 있고 개인 정보를 제공해야 하는 것도 있지만, 용돈이 부족했던 시절의 나는 무료 아닌 무료에 눈이 멀어 그런 문제 따위는 안중에도 없었다. 지금은 좀 찜찜하다 싶으면 아예 참가하지 않는다.

이렇게 열심히 모은 이벤트 캐시/쿠키/코인(이하 '화폐'로 통칭)은 안타깝게도 일정 시간이 지나면 소멸하게 되어 있다. 이럴 땐 그냥 빨리 써 버리는 게 좋다. 보고 싶은 작품의 대여권이나 소장권을 미리 구매하는 것이다. 나는 이런 식으로 카카오페이지에서 달랑 1,000원만 충전해 놓고 한 달을 버틴 적이 있다.

이벤트성 화폐와 달리 소멸하지 않는 유료 화폐를 구매할 때도 짠순이 기질이 발휘된다.

우선 결제는 무조건 앱이 아닌 웹에서 한다. 2021년 10월부터 구글이 구글 인앱결제(IAP, In-App Purchase)를 의무화했기 때문에, 플랫폼 앱에서 화폐를 사면 수수료가 붙는다. 네이버 시리즈에서 쿠키 1개 가격이 100원에서 120원으로 올랐을 때의 그 충격이란! 하지만 웹에서는 화폐 가격이 예전 그대로 유지되고 있다.

그리고 자동 충전을 설정해 두면 보너스 화폐가 따라붙는다. 만약 자동 충전이 내키지 않으면 그냥 보너스 화폐만 받고 바로 자동 충전을 해지하는 것도 방법이다. 이른바 치고 빠지기 전략. 플랫폼 입장에선 나 같은 독자가 몹시 얄미울 것이다.

또 플랫폼마다 주기적으로 할인 행사를 하는데, 그걸 달력에 표시하고 당일에 앞으로 한 달간 쓸 화폐를 몰아서 결제하는 것도 현명한 선택이다.

지금까지 돈을 최대한 절약하면서 로판을 보는 팁을 적었다. 그래 놓고 이런 말을 하면 모순되고 우습겠지만, 다른 사람의 작품은 가능하면 지금 당장, 정식 플랫폼에서, 정당하게 자기 돈을 주고 봐라. 기다무(기다리면 무료), 매열무(매일 10시 무료)로 '존버' 하지 말고 그냥 질러라. 로판은 우리에게 재미있는 콘텐츠이지만 작가에게는 중요한 생계 수단이다. 작가가 잘살아야 독자가 양질의 작품을 즐길 수 있다. 이 사실을 잊지 말기를 바란다.

읽기와 쓰기는 다르더라

웹소설 좀 읽어 본 사람들은 흔히 '이 정도면 나도 쓰겠다'라는 생각을 한다.

내가 여기서 분명히 말해 두겠는데, 그거 다 순 착각이다. 케이크를 많이 먹어 봤다고 해서 반드시 케이크를 만들 줄 아는 것은 아니다. 설령 우여곡절 끝에 케이크를 만들었다고 해도 그게 맛있으리란 보장은 없다. 그런데 나는 감히 착각에 빠져 내가 만든 케이크가 맛있을 거라 믿었다.

2019년 가을 초입이었다. 먼지처럼 집 안을 굴러다니던 한 휴학생이 조아라에 난입해 난생처음 웹소설 무료 연재에 도전했다. 장르는 당연히 로판이었다. 난 예나 지금이나 로판 덕후니까.

계획? 그딴 건 없었다. 당연히 시놉시스도, 트리트먼트도 없었다. 애초에 그게 뭔지도 몰랐다. 그냥 무작정 머리에서 떠오르는 대로 썼다. 한마디로 말해 내 첫 연재소설은 '지름작'이었다. 그 때문인지 작업 속도는 끔찍하게도 느렸다. 하루 종일 노트북 앞에 앉아 있어야 5,000자를 겨우 채웠던 것 같다. 이마저도 휴학 중이라 가능했다. 당시 난 아르바이트조차 하고 있지 않았다. 여하튼 집필 자체가 고역이었고 자료조사도 만만치 않았다. 내가 살다 살다 구글에서 마차의 속력을 검색해 소설 속 두 귀족 저택

이토록 로판에

간의 거리를 계산하게 될 줄은 몰랐다.

그럼에도 불구하고, 그 모든 과정이 재미있었다.

좌충우돌 끝에 1화를 올렸을 땐 심장이 두근거렸다. 첫 댓글까지 달리자 그야말로 감격스러웠다. 한 화 한 화 차곡차곡 쌓여 가는 폴더를 들춰 볼 때마다 뿌듯했고, 적게나마 다음 화를 기다려 주는 독자가 있다는 사실이 짜릿했다. (그 독자 중에 친척도 있었다. 일가친척이 다 모인 자리에서 내가 웹소설을 쓴다고 우리 엄마가 까발렸기 때문이다. 엄마… 대체 나한테 왜 그랬어?)

하지만 행복은 오래가지 못했다. 19화까지 쓴 나는 백기를 들고 항복을 선언했다. 더 이상 다음 이야기가 생각나지 않았다. 고민에 고민을 거듭한 끝에 이젠 정리할 시간이라고 판단했다. 나는 연재 기간 동안 쓴 소설들을 노트북 한구석에 깊이 봉인했고 조아라 계정을 삭제했다. 그런 다음 충분한 시간이 흘러가길 기다렸다. 더 이상 아무도 내가 소설을 썼다는 걸 기억하지 못할 때까지. 어쩌면 나처럼 끈기 없는 인간에게 웹소설 작가는 과분한 꿈이었을지도 모른다. 그런 생각이 드니 너무너무 우울했다. 누군가 나의 작고 소중한 꿈을 가로채 간 것 같았다. 도둑의 정체는 나 자신이었다.

그리고 2022년 현재, 지금 이 글을 쓰기 위해 그때 썼던 로판을 다시 읽어 보았다. 3년 전의 내가 쓴 글은 진짜 어설퍼서 스스로 보기에도 부끄러웠다. 행간마다 아마추어 냄새가 풀풀 났다. 하긴 퇴고도 안 했으니까 말이다. 무슨 배짱으로 초고(=쓰레기)나 다름없는 글 뭉치를 세상에 내보일 생각을 했는지 모르겠다. 그래도 이상하게 끌렸다. 내 취향을 한껏 반영해서 쓴 글이니 어찌 보면 당연한 일이었다.

문득 충동이 일었다. 다시 한 번 로맨스판타지 웹소설 연재에 도전하고 싶다. 결과물이 형편없어도 상관없다. 이번에야말로 꼭 완결을 내고 말 것이다. 바보같이 지난 과거를 되풀이할 운명이래도 괜찮다. 그냥 내가 쓰고 싶다. 덕질 에세이를 쓰면서 난데없이 소설 쓰기를 향한 의지가 샘솟는다.

여주인공의 여자친구에 대하여

2022년 8월 초, 로판 하나가 웹소설판에서 논란을 일으켰다.

제목이 무엇이고 작가가 누구인지 굳이 밝힐 필요는 없을 것 같다. 이미 지나간 일이니 더 이상 들쑤시지 않겠다. 다만 이 사건이 계기가 되어 '로판 여주에게 동성친구란 어떤 존재인가'에 대해서 생각하게 되었다.

가끔 그럴 때가 있지 않은가? 차라리 남주가 아닌 여주의 여자

친구가 여주와 이어지길 바랄 때가. 이런 욕망을 품은 사람이 나 하나뿐만이 아니었나 본지, 여주와 그 여자친구의 관계를 단순한 우정 이상으로 설정한 로판이 시장에 출간되기도 한다.

대표적인 예시로 금눈새 작가님의 《그 오토메 게임의 배드엔딩》이 있다. 이 작품은 독자들이 HL(Hetero Love, 이성 간 사랑을 주제로 한 장르) 대신 GL(Girls Love, 여성 간 사랑을 주제로 한 장르)을 부르짖게 만든 로판으로 유명하다. 만약 오필리아가 시한부만 아니었다면 에밀리아는 분명 남자는 거들떠보지도 않고 계속 오필리아 곁에 남아 둘이서 행복하게 잘 살았을 것이다.

마찬가지로 하르넨 작가님의 그 유명한 《악녀의 애완동물》은 또 어떠한가. 만약 샤샤가 남자뿐만 아니라 여자도 가능했으면 결혼식에서 샤샤의 옆에 서는 사람은 아스가 아니라 레베카였을지도 모른다.

이렇게 가정해 봤자 다 부질없는 짓이다. 장르가 로판인 이상 결말은 정해져 있으니 말이다. 그래도! 여주에게 여자친구는 필수라는 게 내 지론이다.

한번 생각해 보라. 사람은 사회적인 동물이다. 최대한 다양한 사람과 관계를 맺어야 정신적으로 건강하게 살 수 있다. 그런데 로판 남주는 대부분 여주에게 맹목적이고 여주가 자신만 바라보게 만들고 싶어 하는 경향이 있다. 피폐물인 경우 남주가 여주의 인간관계를 다 끊어 놓기도 한다. 그러면 여주 주변에 동성이라곤 시녀나 하녀 등 하급자밖에 남지 않는다. 이런 환경에서 어떻게 성숙한 인격이 형성, 유지되겠는가? 여주에게는 사회적으로 비슷한 지위에 있는 동성의 또래 친구가 필요하다. 여주가 여자친구와 우정을 다지느라 남주가 좀 소외되어도 개의치 않겠다. 나에게 여성 간의 진한 우정을 보여달라! (나 사실 로판 덕후가 아니라 GL 덕후였나?)

무대 바깥의 존재

언제나 주인공이다.

소설 속 세계는 주인공의 위성이다. 주인공을 중심으로 세계가 돈다. 누가 조연에게 관심을 주겠는가? 누가 단역(엑스트라)의 이름을 기억하겠는가?

그럼에도 불구하고, 어떤 독자는 상상하고야 마는 것이다.

제국에 사절단을 보낸 사막 왕국과 동방 국가의 문화를.

허드렛일을 도맡아 하는 늙은 하녀의 노동 강도를.

여주가 입양된 후 고아원에 남은 아이들의 미래를.

남주가 단칼에 베어 넘긴 마수의 한살이를.

이들의 이야기는 생략된다. 그렇게 하지 않으면 글이 길을 잃기 때문이다. 이 인물 저 인물에게 다 각광을 비추면 소설은 중구난방으로 뻗어 나간다. 그러니 편집을 해야 한다. '좋은' 소설을 쓰려면 때론 버려야 할 부분은 버려야 함이 옳다. 하지만 나는 한때 눈에 거의 안 띌 정도로 작은 풀꽃도 곧잘 발견하는 아이였기에, 소설에서 언급조차도 되지 않는 존재가 신경 쓰인다.

여러분의 눈에 이런 내가 이상하게 보일지도 모르겠다. 고작 웹소설일 뿐인데 왜 그렇게 심각하게 구느냐고 물을지도 모르겠다. 그 이유는 아마 내가 로판 덕후이기 때문일 것이다. 말도 안 되는 소리로 들리겠지만 나도 이것 말고는 달리 설명할 방법이 없다.

이렇게 말하고 나니 좀 두렵다. 얼마나 로판에 빠져 있으면 이야기라는 큰 줄기에서 떨어진 낙엽에까지 눈길을 줄까. 차라리 현실에서 실제로 고통받고 있는 존재들을 그 절반만큼이라도 생각했다면 세상은 진작에 훨씬 아름다워졌을 것이다(?). 그럼 내가 현실 세계에서 발생하는 문제에 관심을 가지기 위해 로판에 푹 절어 있는 뇌리의 꽃밭을 갈아엎어야 할까? 굳이 그럴 필요는 없다고 생각한다. 나도 도피처 하나쯤은 있어야 하니까.

역시, 나는 로판 덕후다.

인형 덕후 10년 차 키덜트가
할 수 있는 것들

— 최서현 —

나는 왜 인형 수집광이 되었나: 인형 수집광의 변

키덜트 경력 10년.

사회생활을 시작해 스스로 돈을 벌면서부터 본격적으로 '인형 수집광'이 되었다.

어딜 가든 형형색색 귀여운 인형을 판매하는 코너에 꼭 들렀고, 해외여행은 항상 인형 구입이 주목적이었다. 그렇게 점차 방이 온통 인형으로 가득 차게 되었을 무렵, 결혼을 하며 신혼집의 방 하나를 인형방으로 꾸몄다.

인형방은 행복이다. 어릴 적 상상하고 꿈꾸던 인형이 가득한 공간. 커다란 쿠션에 등을 기대고 앉아 몇 년간 수집해 온 내 친구들의 눈을 하나하나 바라보고 있자면 마음이 꽉 차는 기분을 한껏 느낄 수 있다. 대부분의 어린아이들이 그렇듯 나 역시 어린 시절 원하는 장난감, 인형을 다 갖진 못했다. 어찌 보면 결핍이지만 사람은 부족함이 있어야 채워질 수 있고, 어느 정도 결핍이 있어야 충만한 삶을 살 수 있다. 원하는 인형을 모두 가질 수 있는 삶이었다면 인형이 가득한 방에서 행복을 느끼는 지금의 삶은 누리지 못했을 것이다. 내 인형방은 어린 시절 결핍을 겪은 모든 아이들이 꿈꾸던 '꿈의 공간'이자 '행복의 실체'이다.

인형을 모으는 것은 추억이 떠나지 못하도록 붙잡아 두는 행위이다. 데이트를 하거나 여행을 갔을 때, 그러니까 내가 가장 행복한 순간에 그 행복함을 기억하기 위해 인형을 사곤 했다. 인형방에 있는 인형을 볼 때면 그 인형을 만났던 순간이 또렷하게 떠오른다. 언니와 단둘이 동유럽 여행을 갔을 때 작은 마을에서 오래된 인형 가게를 발견했다. 문이 닫혀 있어 유리창 너머로 빼꼼 바라보던 시간들. 문을 열었다는 소식에 한달음에 달려가 가게에 있는 인형을 하나하나 바라보며 우리 집에 데려갈 아이를 고르던, 언니와 까르르 웃던 그 순간. 너무나 적당하게 비쳐 오던 창가의 햇볕까지도 그 인형에 담겨 있다. 인형은 언제나 나를 그때 그 순간으로 데려다 놓는다.

누군가에게는 인형이 헝겊 쪼가리에 지나지 않을지도 모른다. 그러나 나는 몇 개의 헝겊과 실이 엉켜 인형이 되면 그 자체로 생명을 얻는다고 믿는다. 〈토이 스토리〉 이야기처럼 '인형이 살아 움직인다'는 상상을 하는 사람은 아니지만, 적어도 이 인형이 처음 만들어지고 내 손에 오기까지 제법 많은 이야기들이 지나갔겠구나, 정도는 생각한다. 한 사람을 만나는 것은 하나의 우주를 만나는 것과 마찬가지라는 말처럼, 인형에도 그의 우주가 오롯이 담겨 있다. 인형 하나에 거쳐 간 무수한 사람들의 얼굴이 있다. 인형에도 저마다의 사연이 존재한다.

내가 소장한 인형 중 절반은 빈티지 제품, 즉 중고다. 누군가 먼저 구입했다가 돌고 돌아 내게 온 것이다. 어찌 보면 찜찜하다 할 수 있지만, 인형에 남은 흔적을 보며 내 나름대로 상상해 보는 재미가 있다. 어린 시절 인형들을 갖다 놓고 엄마니 아빠니 하며 소꿉놀이했던 그 시절처럼. 인형은 누구의 손에 들어오느냐에 따라 저마다의 이야기, 저마다의 우주를 갖게 된다.

나는 인형을 색깔별로 진열하는 것을 좋아한다. 하나만 있을 때는 그저 그런 인형처럼 보이다가도 같은 색, 비슷한 느낌의 인형들과 한데 모이면 근사한 시너지를 낸다. 나의 수집은 인형들을 하나의 가족으로 연결하는 작업이다. 전혀 상관없는 개별의 영화에 등장한 캐릭터, 평생 마주할 일 없을 머나먼 나라의 캐릭터들이지만 내 인형방에서는 한식구가 된다. 20시간 넘게 걸려 미국에서 사 온 캐릭터 인형과 회사 앞 서점에서 사 온 곰인형이 한데 어우러진 모습. 대량 생산된 흔하디흔한 인형과 빈티지 한정판 인형을 나만의 스토리로 엮어 내는 재미는 인형 수집광만이 느낄 수 있다.

인형 수집이 의미 있는 이유는 '내가 좋아하는 것'이기 때문이다. 인형을 모으기 전 나는 자신이 뭘 좋아하는지도 잘 모르는 그런 사람이었다. 생각 없이 술 마시고 토하기 직전까지 맛있는 걸 먹으면서 행복을 느꼈다. 이러한 삶도 그 나름대로 재미는 있지만, 귀여운 인형을 모으는 행위가 만족감과 행복을 준다는 사실을 깨닫고 이에 몰두하기 시작하자 내 세상은 인형들처럼 다채롭게 물들어 갔다. 어디서든 쉽게 행복을 찾을 수 있고, 힘든 일이 생겨도 다시금 힘을 낼 수 있는 회복탄력성 높은 건강한 사람이 되었다. 어느 곳에서 누굴 만나도 내가 좋아하는 것들에 대한 이야기로 대화를 이어 갈 수 있는 꽤 재밌는 사람이 되었다. 존재만으로, 바라보는 것만으로 행복을 주는 존재가 있다는 건 얼마나 행운인가.

인형 수집에 좀 더 거창한 의미를 부여해 보자. 사진작가가 작품으로 시대를 기록하듯, 나의 인형 수집은 당대 문화들의 기록이다. 세월이 지나면 "라떼는 말이야"를 시전하며, 이 캐릭터가 얼마나 인기 있었는지, 이 캐릭터 상품이 얼마나 다양하게 나왔는지 따위를 신나게 떠들어 댈 수 있다. 인형들은 아주 귀여운 모습을 한, 시대의 기록물이다.

이런저런 거창한 이유를 갖다 붙이며 2022년, '인형 전시회'도 진행했다. 내 수집품을 정식으로 세상에 공개하는 첫 자리였다. 마음속으로 좋아하는 것을 실제의 무언가로 표현하면서 '마음속의 판타지 월드'를 전시장에 구현하는 것이 목적이었고, 수집을 통해 나만의 세상을 만드는 수집가로서 전시에 참여했던 특별한 경험이었다.

내가 좋아하는 것을 누군가에게 보여주는 일이 어떤 의미가 있을까? 남편은 네가 직접 만든 것도 아닌데 작가라고 할 수 있느냐고 했지만, 나는 이 시대의 미친 수집광, '인형 수집광이'로서 누군가에게 '내가 좋아하는 것을 좋아하는 일이 얼마나 행복한지', '누군가에겐 하찮은 것에 의미를 부여하고 나만의 이야기를 담는 것이 얼마나 재밌는 일인지'를 전하고 싶다. 인형을 수집하는 내가 그동안 얼마나 행복했고 지금 얼마나 행복한지도.

인형 덕후가 할 수 있는 것들

우리 집은 거실과 부엌을 포함해 모든 방에 인형이 가득하다. 첫 신혼집 월세를 살 때도, 지금 집을 팔기 위해 부동산에 내놨을 때도 집을 보러 오는 낯선 손님들은 모두 내게 물었다. "대체 뭐 하는 분이세요?" 그럼 나는 대체로 머쓱해하며 "제가 인형을 좀 좋아해요"라고 말하곤 했다.

어느덧 인형 수집 경력 10년이 되었고 나는 그저 인형을 열심히 구입하며 번 돈을 탕진한 사람이지만, 그와 동시에 한 가지 일을 10년 동안 멈추지 않고 꾸준히 해낸 사람이기도 하다. 돈이 되든 안 되든 어떤 일을 꾸준히 해내는 건 의외로 쉽지 않은 일이다.

인형을 모으는 와중에도 내가 가진 것들, 그러니까 눈에 보이는 인형뿐만 아니라 내가 가진 인형에 대한 열망이 '수집' 외에 의미 있는 일을 만들 수 있지 않을까 끊임없이 고민했다. 그 고민의 결과, 지독한 인형 덕후가 할 수 있는 일은 무궁무진했다.

인형 덕후 5년 차 무렵 유튜브를 시작해서 10년 차인 지금까지 계속하고 있다. 유튜브에는 내 수집품을 소개하기도 하고, 지역별로 구경하기 좋은 굿즈숍을 보여주기도 한다. 새로 출시되는 제품의 정보를 공유하거나, 구입 후 언박싱을 촬영해 올리기도 한다. 조회 수가 꽤 나오고 구독자도 쌓이자 여러 업체에서 연락이 오기 시작했다. 업체와 협업해서 프로모션을 진행할 때도 있고, 협찬 물품을 구독자들에게 소개해주기도 한다. 최근에는 한 달간 오프라인 전시회를 열기도 했다.

지금부터 이어질 글들은 지난 10년간 인형을 수집하며 일궈 냈던 내 나름의 성과를 자랑하는 것이기도 하지만, 또한 무언가를 꾸준히 좋아한다는 게 이렇게 다양한 방식으로 '가치 있는 결과물'을 만들어 낼 수 있음을 보여주는 증거이기도 하다. 좋아하는 것 그 자체만으로도 삶을 풍성하게 만들 수 있고, 좋아하는 게 무엇인지를 아는 것만으로도 인생의 원동력을 발견할 수 있다. 무엇을 좋아한다는 일이 얼마나 삶을 재밌게 만들 수 있는지, 누군가에게 긍정적인 영향력을 줄 수 있는지 함께 생각해 볼 수 있는 시간이 되길 바란다.

1) 안녕하세요, 키덜트 유튜버 아리입니다

어릴 적부터 나를 보아 온 지인들은 내가 유튜버가 된 것을 새삼 믿기 어려워한다. 낯선 사람 앞에서 말하는 건 둘째치고 눈 마주치는 것조차도 어려워했던 나는 어린 시절 유독 수줍음이 많은 아이였다. 그러면서도 친한 사람들에겐 꽤나 나댈 줄 아는 조용한 관종의 삶을 살았다. 대학에 오면서 강제로 사회성이 길러졌고 20대 후반 무렵엔 조금 떨긴 하지만 제법 많은 사람들 앞에서 발표도 할 수 있는 사람이 되었다.

사실 유튜버는 내성적인 성격과는 크게 관련이 없는 듯하다. 유명한 유튜버 중에서도 내성적인 사람들이 많고, 내 주변 유튜버들도 대부분이 내성적인 성격이다. 그저 우리는 어딘가에 있을 '나와 같은 취향의 사람'에게 공감을 얻고 싶고, 정보를 주고 싶고, 즐거움을 나누고 싶었을 뿐이다. 영상을 올릴 때마다, 부정적인 뉘앙스의 댓글이 달릴 때마다 근심 걱정이 따라붙는 건 어쩔 수 없다. 그럼에도 내가 좋아하는 것을 공유하는 일 자체가 즐거워서 몇 년째 계속하고 있다.

취미를 공유하는 유튜브를 시작한다면 마음가짐이 중요하다. 이걸로 무엇을 하고 싶은지를 명확히 해야 한다. 나의 시작점은 '취향 공유'였다. 본업이 마케터라 항상 끼고 살았던 유튜브는 내게 익숙한 플랫폼이었다. 하지만 크리에이터 경험이 전무했기에 처음으로 만든 영상은 어디 내놔도 낯부끄러운 수준이었다. 유튜브를 시작하고 싶다는 생각이 문득 든 주말 아침, 가장 아끼는 피규어 세트를 꺼내 방바닥에 펼쳐 놓고 핸드폰으로 촬영했다. 뚝

딱뚝딱 얼렁뚱땅 촬영을 마치고 컴퓨터를 켜서 무료 편집 프로그램을 다운받아 엉성하게 편집한 후 일단 업로드했다.

처음에는 부끄러워서 남편에게 컴퓨터방에 들어오지 말라고 하며 영상도 보여주지 않았다. 업로드를 해도 오르지 않는 조회 수에 좌절하면서도 계속 영상을 만들어 올렸다. 어느 정도 쌓이니 편집 실력도 아주 조금은 느는 듯했다. 조회 수는 미약했지만 약간의 자신감이 생겨서 이제 가족, 친구들에게도 영상을 보여주었다. 다들 온정을 베풀며 구독해주었다.

구독자가 100명이 되기까지는 무려 한 달이 넘게 걸렸다. 누구는 몇 달 만에 100만 구독자를 찍는다던데. 하지만 나의 마음가짐은 그저 취향을 공유해서 누군가와 수다를 떠는 것뿐이었기 때문에 구독자 욕심은 크지 않았다. 처음에는 되는 대로 촬영, 편집을 해서 올리다가 점차 업로드 주기를 정하게 되었다. 주 3회. 화, 목, 토요일마다 시간을 정해 두고 예약 업로드를 했다. 내가 가장 아끼는 장난감들, 최근에 구입한 인형 리뷰를 올리다 보니 천천히 조회 수가 늘어 갔다. 비슷한 취향을 가진 사람들이 댓글도 달아주었다. 댓글이 달리니 원동력을 얻은 기분이 들어 꾸준히, 열심히 영상을 만들어 올렸다.

그렇게 몇 달 동안 지속적으로 주 3회 영상을 업로드하다 보니

인형 덕후 10년 차 키덜트가 할 수 있는 것들

'유튜브 알고리즘의 선택'을 받았다. 최근 개봉한 애니메이션 영화의 굿즈 리뷰 영상이었다. 시의성에 맞는 영상은 유튜브 알고리즘이 판단했을 때 매력적일 수밖에 없다. 유튜브는 '시청 지속 시간'과 '노출 클릭률'을 중요하게 여긴다. 이 콘텐츠가 얼마나 오래 유저들을 붙잡고 있는지, 얼마나 매력적으로 느껴져 클릭을 많이 하게 만드는지 말이다. 장난감 리뷰는 대체로 롱테일 콘텐츠가 많아서 당장의 검색량 자체는 많지 않은 편이다. 그러나 최근에 개봉한 영화 굿즈나 신상 굿즈는 검색량이 많고 시청 지속 시간도 비교적 길다. 노린 건 아니지만 어쩌다 얻어걸린 알고리즘의 선택으로 구독자 수 1,000명을 찍고 조회 수도 만 단위까지 올라갔다.

그럼에도 세간에서 말하는 '떡상'까지는 가지 못했다. 하지만 소소한 유튜브 알고리즘의 선택을 받았다. 선물 받아서 아무 생각 없이 올린 장난감 리뷰가 초등학생들 사이에 핫한 장난감으로 떠오르기도 하고, 별 뜻 없이 친구와 액세서리 만드는 방법을 영상으로 찍어 올렸는데 몇 달 뒤 예상치 못하게 유행을 타기도 했다. 그렇게 우연히 유행을 앞선 게시물로 10만 조회 수를 넘긴 영상이 몇 개 생겼다. 누군가는 올릴 때마다 몇만 조회 수가 나오기도 하지만, 여전히 영세 유튜버인 나로서는 이 정도 성과도 만족스럽다.

물론 구독자 수와 조회 수가 높고, 그에 따라 수익도 월급을 웃돌고, 어딜 가도 알아보는 사람들이 있는 멋진 유튜버의 삶도 좋을 것이다. 그러나 나의 목적은 그저 '내가 좋아하는 것을 공유'하는 것이다. 유행을 좇아 조회 수가 나올 만한 콘텐츠를 올리는 것도 재밌겠지만, 나는 처음 목적에 맞게 '내가 좋아하는 것'에 집중하면서 유튜브 운영의 원동력을 얻는다. 높은 조회 수를 위해 유튜브를 운영하다 보면 언젠가는 스스로가 텅 빈 느낌이 들것만 같았다. 회사에서 어마어마한 광고비를 태워 있어 보이는 숫자를 만들어도, 그것이 위에 보고하는 용도 외에는 아무 의미가 없음을 알았기 때문이다. '내가 좋아하는 것을 공유한다'는 목적을 정하니, 조회 수 실적이나 유행과 상관없이 지금 좋아하는 것에 집중할 수 있었고, 그 좋아하는 것들이 쌓이고 쌓여 행복한 나를 만들었다. 때때로 울적한 마음이 들 때면 그동안 올린 유튜브 영상들을 다시 돌려 본다. 이 인형을 만나 행복했던 모습을 보며 그때의 감정을 떠올리고, 나를 행복하게 만드는 것들에 대한 마음을 다잡는 것이다.

당연하게도 이 방식이 정답은 아니다. 유튜브를 어떤 목적으로 운영하든, 나를 행복하게 만드는 방식이어야 한다는 이야기다.

2) 내가 좋아하는 인형을 받는데, 돈도 주신다고요?

조회 수 수익은 미미하지만, 협찬이 쏠쏠하다. 영세 유튜버에게도 협찬은 들어온다. 좋아하는 캐릭터 굿즈를 꾸준히 리뷰하니, 해당 캐릭터와 컬래버레이션을 진행하는 업체에서 협찬 연락이 왔다. 내가 리뷰를 찍어 올린 영상과 큰 관련은 없지만 제품 타깃이 비슷한 경우에도 연락이 온다. 협찬 제품의 범위는 아주 다양하다. 인형을 리뷰하는 사람에게 속옷, 화장품, 음식, 심지어는 성형 협찬 연락까지 들어온다. 협찬 연락의 대부분은 채널을 제대로 살펴보지 않고 마구잡이로 제안을 하는 경우이다. 그럼에도 내가 좋아하던 브랜드나 캐릭터 상품 협찬 연락이 심심찮게 들어와 '유튜버 하길 잘했다'는 생각이 들게 해준다.

처음에는 제품만 받는 방식이었다가 최근에는 콘텐츠 제작비도 받고 있다. 물론 큰돈은 아니지만, 좋아하는 제품을 공짜로 받으면서 영상 제작에 따른 수고비도 벌 수 있다. 좋아하는 일을 하면서 돈을 버는 삶이라니, 내가 꿈꿨던 삶이다.

제품 협찬을 받으려면 어떻게 해야 할까? 편법은 없다. 그저 관련 제품 리뷰를 꾸준히 올리는 수밖에. 관련 키워드를 검색했을 때 상위 노출되며 높은 조회 수를 기록하면 당연히 브랜드 담당자에게 노출될 가능성이 크다. 꼭 조회 수가 높지 않더라도 꾸준히 관련 영상을 올리면 언젠가 나를 알아본다.

필요하다면 먼저 연락을 해 봐도 좋다. 한번은 좋아하는 캐릭터 컬래버 시리즈가 출시되었는데 아무리 애써도 제품을 구할 수 없었다. 그래서 해당 브랜드 담당자를 물색해 "그동안 이런 영상을 꾸준히 만들어 왔고 조회 수는 이만큼 나왔있다, 이번에 이 제품도 리뷰를 하고 싶었는데 도저히 구할 수가 없다, 제품 협찬 지원이 가능하다면 몇 월 며칠까지 촬영해 업로드 가능하다, 협찬 지원 가능하겠느냐" 물었다. 결국 모든 라인업의 제품을 협찬으로 받아 리뷰를 올리고 제품도 만족스럽게 사용했다. 협찬을 구걸하는 태도 대신, 내 채널이 마케팅 측면에서 이런 식으로 활용가능하니 협업하면 어떨지 제안하는 태도가 중요하다. 나는 받기만 하는 게 아니라 브랜드에 이런 식으로 도움이 될 수 있다고 말이다.

최근에는 내 채널의 특장점, 특히 마케팅 목적으로 활용했을 때의 장점을 어필하기 위해 '채널 소개서'를 만들었다. 스스로 쓰기 낯부끄러운 말을 사용하면서 나와 협업해야 하는 이유를 설명했다. 채널의 주요 시청자층은 몇 살부터 몇 살까지이고, 이런 방식의 콘텐츠가 특히 반응이 좋았다, 지금까지 이런 브랜드와 컬래버를 진행해 왔다, 협업 진행 방식은 이런 것이 있고 조건은 이러하다, 제품 수령 후 며칠 이내로 초안을 전달할 수 있다는 내용까지. '귀사의 브랜드와 어떤 상관성을 가지고 있는 채널이고, 이렇게 다양한 방식으로 활용 가능하며, 심지어는 빠른 콘텐츠 제작도 가능하다'는 점을 강조했다.

마케팅 담당자들은 이 채널의 시청자가 제품의 타깃과 잘 맞는지, 보는 이들의 구매력이 높은지, 콘텐츠를 여러 채널에 다양하게 활용할 수 있는지, 원하는 일정에 맞춰줄 수 있는지를 궁금해한다. 그들이 알고 싶어 하는 포인트를 콕 집어 채널 소개서로 만들어 두면 협찬 연락이 먼저 오는 경우에도, 그리고 내가 먼저 제안하는 경우에도 요긴하게 활용할 수 있다. 내 채널의 방향성을 정리하는 목적으로 만들어 봐도 좋다.

초보 유튜버들이 가장 궁금해하는 부분, '광고비는 얼마나 불러야 할까요?'에 대한 질문 역시 정답은 없다. 이 돈을 받고 영상만드는 데 손해 보지 않을 정도, 기분 나쁘지 않을 정도의 금액을 부르면 된다. 나는 디지털 마케터로 일을 해 왔기에 내 나름의 기준을 잡을 수 있었다.

－동영상 제작 외주 업체에 맡기면 저렴한 업체의 경우에는, 건당 500만 원을 불렀다.

－영상의 조회 수를 높이기 위해 광고를 집행할 때, 조회 수 한건당 광고비 10원 정도 나오면 괜찮은 성과였다.

-구독자 수를 기반으로 광고비를 받는 업체의 경우에는, 구독자 수×1원(사진 업로드)~50원(영상 제작) 내외로 광고비를 책정했다.

위 내용을 종합해 나만의 광고비 범위를 잡았다. 조회 수가 그리 높은 채널은 아니기에 합리적인 선에서 광고비를 책정했다. 협찬 물품으로 리뷰를 촬영하는 경우, 특정 장소로 직접 방문해 방문기를 제작하는 경우, 내 영상 저작권을 브랜드에 귀속해 활용케 하는 경우, 그래서 저작권을 넘기는 경우에는 영상의 활용 범위를 어떻게 지정할 것인지까지. 유튜버는 1인 기업이다. 비록 동네 작은 구멍가게일지라도 정확한 기준을 세우고 일관성 있게 협업해야 문제없이 꾸준히 협찬을 받을 수 있다.

3) 행복을 전시하는 사람

처음엔 어처구니가 없었다. 인형을 많이 사 모은 사람일 뿐인데 전시라뇨. 한 지역의 문화재단에서 전시를 진행하는데 내 수집품을 전시해줄 수 있겠느냐는 연락이 왔다. 남편에게 이야기하니 "네가 만든 것도 아닌데 무슨 전시?"라는 반응이 돌아왔다. 예술가로 활동하는 아빠는 이 제안에 크게 기뻐하며 "드디어 너의 인형들이 세상에 공개되는구나"라면서 무조건 진행하라고 하셨

다. 나와 가장 가까운 두 남자의 상반된 반응. 어떤 선택을 해야
할까?

중요한 건 전시 주제였다. 해당 전시의 주제는 '무언가를 좋아
하는 마음의 힘'이었다.

"좋아하는 마음은 강하다. 좋아한다는 이유 하나만으로 수많
은 일들이 일어난다. 무언가를 좋아할 때 마음속에 펼쳐지는 꿈
과 환상의 세계. 좋아하는 대상이 있기에 우린 무엇이든지 다 해
낼 수 있는 기분이 들곤 한다." (〈FANtasy come true〉 전시 소개
문구)

좋아하는 것이 있다는 건, 내가 행복해지는 방법을 알고 있다
는 뜻이다. 좋아하는 마음에는 행복이 따른다. 좋아하는 마음이
가득한 공간에서는 누구나 행복을 느낄 수 있다.

내가 인형을 수집하면서, 그리고 유튜브를 하면서 가졌던 마음
이 전시 주제와 일맥상통했다. 인형 하나에 담긴 추억과 행복, 마
음이 힘들 때 위안을 얻었던 시간들, 행복을 나누고 싶어 시작한
유튜브. 좋아하는 마음이 가득한 내 인형방이라는 공간을 더 많
은 사람들에게 보여주고 싶다는 생각이 들었다.

전시에 앞서 가장 큰 걱정은 인형들이 인형방을 나가서도 잘

지낼 수 있을까, 인형방에 건강히 돌아올 수 있을까 하는 것이었다. 유리장처럼 관람객과 완전히 분리될 수 있는 전시 환경이라면 분실, 오염 걱정은 없겠지만 내가 느끼는 행복한 마음이 제대로 전해지지 않을 것 같았다. 나의 인형들은 그들이 가진 복슬복슬한 부드러운 행복감이 잘 보여야 하기 때문이다. 그렇다고 인형방에 진열했던 것처럼 장식장에 그대로 두면 전시장의 무수한 먼지부터 무례한 관람객의 공격까지 여러 위험 요소가 있을 텐데…. 우려되는 부분을 이야기하니, 장식장으로 진열하되 펜스를 쳐서 가까이 접근하지 못하게 하고 현장 담당자가 상주할 것이라는 답변을 받았다. 소중한 전시품인 만큼 소중하게 관리하겠다는 말도 함께.

더불어 전시 및 설치, 철거 작업에 따른 수고비도 준다고 했다. 배송비부터 나의 수고비, 거마비를 생각하면 남는 건 없지만 적어도 손해 보는 구조는 아니겠다 싶었다. 마침 육아휴직 중이니 전시를 준비할 시간도 많았다. 하지만 수집품이 과연 전시를 할 정도로 볼 만할지, 보는 사람들도 내가 느낀 행복을 같이 느낄 수 있을지가 걱정이었다. 전시 준비를 하면서 처음에 이야기한 것보다 전시 공간이 커져서, 그 공간을 모두 채울 수 있을지도 염려되었다. 또한 이 많은 인형을 머나먼 전시장까지 보내는 것도 큰일이었다.

고민 끝에 커다란 상자 10개를 포장해 택배로 보내다 몇 개의 상자가 터져 버렸지만 다행히 인형이 손상되지는 않았다. 우려와는 달리 인형들은 전시 공간을 빼곡히 채웠고, 내가 인형을 좋아하는 마음도 잘 표현되었다. 심지어는 500여 개의 수집품 중 분실된 것도, 오염된 것도 없었다. 내가 걱정한 모든 일은 일어나지 않았다. 전시장에 혼자 가서 인형과 장난감 500여 개를 설치했다. 나만의 테마와 기준으로 같은 색깔의 인형들을 모았다. 인형 방에 있던 인형의 절반 정도를 가져갔는데, 내 인형방보다 훨씬 큰 전시장을 가득 채울 수 있었다.

지금 사는 곳과는 아주 멀었던 전시장은 비행기를 타고 가야 하는 지역에 있었다. 인형을 설치하러 갈 땐 아이를 남편에게 맡기고 처음으로 외박을 했다. 전시가 시작된 후에는 전시를 핑계로 온 가족이 여행을 하기도 했다. 딸의 첫 전시를 안 볼 수 있냐는 엄마 아빠의 말에, 부모님을 모시고 다 같이 가기로 했다. 아이에게도 엄마의 첫 전시를 보여주고 싶었다. 엄마는 이런 걸 좋아하는 사람이고, 좋아하는 마음을 이렇게 많은 사람들에게 보여주었다고. 내 행복을 많은 이에게 공유하면 행복은 더 커지게 된다고. 가족 여행을 다녀오면서 주최 측에게 받은 수고비를 모두 탕진했지만 그만큼 행복한 시간이었다. 아기는 태어나서 처음으로 비행기를 탔고, 부모님부터 우리 아기, 언니네 식구까지 온 가족이 처음으로 타지 여행을 다녀온 좋은 기회였다. 첫 여행에서 우리 가족은, 행복했다.

전시에는 여러 팀이 참여했다. 좋아하는 것을 그림으로 표현한 작가도 있었고, 나처럼 미친 듯이 수집하는 사람들이 같은 팀을 이루어 한 공간을 채우기도 했다. 나는 관람객들이 내 전시 공간에서 많은 사진을 남기길 바랐다. 색색이 모여 있는 인형을 배경으로 인증샷을 찍으며 행복을 기록하길 바랐다. 혹은 사진을 찍지 않더라도 인형방을 직접 체험하면서 귀여운 것들을 바라보며 느끼는 행복을 함께 느끼길 원했다.

전시 기간 틈틈이 관련 글이 올라오는지 열심히 검색했다. 나의 바람대로 많은 사람들이 사진을 남기고, 행복을 느끼고, 즐거운 시간을 보냈다. 좋아하던 것을 계속 좋아했을 뿐인데, 이런 '좋아하는 마음'이 누군가를 행복하게 만들다니. 내 행복이 나에게서 끝나지 않고 많은 사람들에게 전해진다는 것은 참으로 의미 있는 일이다.

한 달간의 짧은 전시 기간 동안 인형방은 휑하게 비어 있었다. 나는 인형을 보냈다는 사실을 잊고 그 빈칸을 채우기 위해 열심히 인형을 모았다. 덕분에 한 달 뒤 인형들이 돌아왔을 때 인형방은 미어터졌고, 겸사겸사 인형 100개 정도를 기부했다. 내가 좋아하는 것들을 많은 이에게 보여주고, 이후에는 그 친구들을 기부로 보내 행복을 전파했다. 행복은 이렇게 우연한 기회로 널리 전해진다.

4) 인형 사랑은 대물림된다

어디 자랑할 법한 그럴듯한 게 아니더라도, 이제 두 돌이 된 우리 아기에게 여러 인형을 활용해 다채롭게 놀아줄 수 있다는 것만으로 인형 덕후에겐 가치 있는 일이다. 나는 아기에게 '인형수저'라는 별명을 붙였다. 엄마가 대단한 명예나 재력을 물려줄 순 없지만, 인형만큼은 원 없이 물려줄 수 있으니까. 아기가 태어나기 전부터 진득하게 우리 집 한편을 지키고 있던 인형 친구들은, 아기를 만나면서 존재 가치가 더욱 빛나게 되었다.

출산 전 조리원 짐을 쌀 때부터 인형을 한가득 챙겼다. 애착인형을 핑계로 구입한 인형들이었다. 조리원에서 아기를 방으로 데려와 처음으로 단둘이 있게 되었을 때, 처음으로 한 일은 아기와 인형을 침대에 나란히 눕혀 사진을 찍는 것이었다. 아이는 인형보다 작아 보였다. 내 품에 쏙 안기는 작은 토끼 인형이었는데, 갓 태어난 아기보다 크다니. 연신 사진을 찍어 대며 이 인형보다 훨씬 커지게 될 아기의 미래를 그려 봤다. 인형을 안고 여기저기 쏘다니게 될 미래까지.

그리고 지금 아기는 그 인형의 두 배는 훨씬 넘을 정도로 무럭무럭 자라났다. 이제 두 돌을 앞둔 아기는 엄마처럼 인형을 좋아한다. 아침에 눈을 뜨면 인형이 가득한 집에서 아끼는 인형을 손에 집어 드는 것으로 하루 일과를 시작한다. 밥을 잘 먹지 않을 때는 인형들이 밥 뺏어 먹는 시늉을 하면 아기도 한술을 뜬다. 자기 나름대로 엄마 토끼, 아기 토끼 이름을 붙여 가며 놀고, 엄마가 예쁘게 진열한 인형 장식장을 헤집어 놓으면서 즐거워한다. 자기 전에는 인형을 품에 꼬옥 안고 방으로 걸어 들어가 인형에게 작은 이불을 덮어준다. 인형 속에서 눈뜨고 인형 속에서 잠드는 일상이다.

아이에게 미안하지만, 지금 사는 집에 처음 들어올 때는 아기방을 염두에 두지 않았다. 그저 내 인형방 하나 만드는 게 중요했다. 인형이 가득한 우리 집에는 아기방을 만들 수 없었다. 어쩔 수 없이 인형방에 큰 매트를 깔고 아기방으로 사용했다. 봉제인형 수백 개가 있는 방에서 아기를 재운다니. 인형방에는 항상 공기청정기가 돌아가고 수시로 방 청소와 환기를 한다. 수백 개의 시선 속에서 잠들어야 하는지라 엄마는 우리 집에 와서도 절대 인형방에서 잠을 자지 않는다. 다행히 아기는 인형수저로 태어나

인형 덕후 10년 차 키덜트가 할 수 있는 것들

인형방에서 자는 것에 어떠한 거부감도 들지 않는 듯하다. 새벽에도 깨지 않고 이른 저녁부터 늦은 아침까지 12시간 넘게 통잠을 잘 때도 있다.

아이를 낳기 전에는 내 인형과 아기 인형을 철저히 구분할 것이라 장담했다. 내 수집품은 내 거니까. 하지만 아이가 태어나고 나니 수집품은 물론 내 인생마저도 아기에게 바치고 싶어졌다. 심지어는 내 인생의 주연은 아기라는 생각까지 들었다. 아끼고 아끼던 인형을 아이에게 내주어 침 범벅이 되고, 아까워서 뜯지 않던 인형 포장도 모두 뜯어 버렸다. 항상 뽀얗고 깨끗했던 인형들은 어딘가 너절한 모습이 되었지만 그도 나쁘지 않다. 결국 나는 내가 행복하기 위해 인형을 모았고, 아이와 인형을 가지고 노는 일이 지금은 가장 행복하다. 인형은 한자리에 가만히 앉아 있어도 좋지만 사람의 품속, 손안에서 사랑받을 때 조금 더 빛나는 것 같다.

내가 제일 좋아하는 영화 〈토이 스토리〉에서는 놀이에 참여하지 못하는 인형들이 시무룩해하는 모습이 나온다. 아이의 손에 자주 들리는 인형이 인형들의 리더가 된다. 영화 속 인형들은 박물관에 진열되는 삶보다 아이들과 시끌벅적 놀이하는 삶을 선택한다. 인형은 품에 안기기 위해 태어났다. 나는 인형을 품에 안았을 때의 느낌을 '안김성'이라고 표현한다. 커다란 인형을 살 때면 꼭 품에 안아 보고, 안김성이 좋은 아이라면 주저 없이 데려온다. 내 품에 쏙 안기면서도 나를 안아주는 듯 따뜻한 인형. 내가 인형을 안고 인형도 나를 안아주는, 나와 인형 모두 행복해지는 상호 보완적인 관계.

인형들은 나의 아기를 만남으로써 비로소 그 역할을 완성하게 되었다. 때로는 밟히고 눌리고 뭉개지지만 그마저도 행복할 나의 인형들. 내 손에서 아기의 손으로 이어지는 '좋아하는 마음'. 인형과 함께하며 느끼는 행복은 시간이 흐를수록 자라나고, 인형을 좋아하는 마음은 손에서 손으로 그렇게 전해지고 커져 간다.

5) 나와 같은 것을 좋아하는 사람

인형 수집이라는 취미를 가지고 키덜트가 되면서 얻은 가장 큰 선물은 바로 친구다. 나와 같은 것을 좋아하는, 같은 취향의 친구들.

내성적인 성격으로 항상 외향적인 성격의 친구들에게 '간택'당하는 것 외에는 친구 사귀는 법을 몰랐던 내가 먼저 다가가 친구를 사귀게 되었다.

첫 만남은 유튜브였다. 우리는 서로의 구독자였다. 신기하게도 비슷한 시기에 유튜브를 시작했고, 신기하게도 구독자 100명도 안 되던 초창기부터 서로를 구독했다. 내 취향의 인형을 소개하는 것도 좋았고, 몰랐던 출시 정보를 알려주는 점도 좋았다. 그렇게 1년 가까이 서로의 채널을 지켜보며 모든 영상에 댓글을 달았고, 우리들은 그렇게 '내적 친밀감'을 쌓았다.

친구 A와의 첫 대면은 내 제안으로 이루어졌다. 좋아하는 영화가 개봉하면서 진행된 시사회 이벤트에 덜컥 당첨이 된 것이다. 동반 1인까지 입장 가능한데, 평소 그 영화를 좋아하던 친구 A가 떠올랐다. 그래서 댓글로 수줍게 제안했다. "저랑 같이 가실래요?"

이렇게 성사된 우리 만남은 마치 첫 데이트처럼 설렜다. 무슨 일 하는 사람일까, 몇 살일까, 어떤 성격일까. 혼자 이런저런 추측을 하면서 선물도 몇 개 챙겼다. 영화관 앞에서 만나 쑥스럽게 인사하고 두런두런 이야기를 나누는데, 동생일 거라 짐작했던 친구 A는 뜻밖에 나보다 언니였고 내가 생각한 것보다 훨씬 친절했다. 선물로 준비한 물건은 친구에게도 이미 있는 물건이었다. 그 무엇도 예상과 들어맞지 않았지만 그래서 더 재밌는 만남이었다. 나는 영화를 보면서 노래를 따라 부르고(싱어롱관이었다), 클라이맥스에선 눈물을 흘리기도 했다. 옆에서 친구 A는 조용히 휴지를 건네줬다.

    친구 B와 C는 우연히 만났다. 또 다른 영화 시사회에서 신기하게도 내 옆자리에 앉았다. 영화를 다 보고 불이 켜지고 나서야, 친구 B는 "혹시… 아리님이세요?"라며 먼저 아는 척을 해주었다. 나도 사실 영화를 보면서 옆에서 간간이 들리는 목소리가 내가 생각하는 그 사람인 것 같아서 내색을 해야 하나 말아야 하나 고민 중이었는데 앞서 알은체해주니 반갑고 고마웠다. 파워 인싸처럼 보였던 그는 누구보다 내성적인 성격이었다. 하지만 내게 먼저 다가와 인사를 해주고, 같이 밥 먹자는 약속에도 흔쾌히 나와주었다.

    얼떨결에 친구 A, B, C와 다 같이 식사 약속을 잡았다. 점심을 먹고 좋아하는 캐릭터로 꾸며진 카페에 방문했다. 모두 유튜버였던 탓에 우리의 만남은 콘텐츠가 되었다. 각자 카메라로 열심히 모임 현장을 담았고 자신의 방식대로 콘텐츠를 편집했다. 비슷한 취향을 가진 우리는, 취향에 맞는 숍이나 전시가 있으면 함께 모여 방문하고 영상을 찍어 올리며 만남을 이어 갔다.

    친구 C는 내가 바라던 삶을 살고 있는 친구다. 여행 다니며 콘텐츠를 만들고, 디자이너로서 자신만의 작품을 제작하기도 하며, 마케터로서 인기 브랜드의 SNS 채널을 맡아 운영하기도 한다. 소위 프리랜서 '십잡스'로 살면서 적지 않은 돈을 벌기도 하고, 무엇보다 자신이 원하는 일을 하면서 사는 사람이다. 그도 자신의 삶에 불안이나 불만족을 느낄 때도 있지만 그럼에도 행복해 보였다. 적어도 나보다는 하고 싶은 일을 하며 사는 행복한 사람처럼 보였다. C는 모르겠지만 그의 인생은 시나브로 나에게 많은 영감을 주었다. 아직은 이루어지지 않았으나, 그와 비슷한 어떤 삶을 살아야겠다는 목표도 생겼다.

친구 D는 원래 다른 지역에 살고 있었다. 나보다 유튜브는 늦게 시작했지만 그녀 역시 나와 취향이 같았다. 멀리 살아서 서로 '실친'은 되기 어렵겠구나 생각했는데 운명처럼 내가 살고 있는 지역으로 D가 이사를 왔다. SNS로 이야기를 나누다가 다른 친구가 "D님 집에 놀러 가도 되나요?"라고 제안하면서 만남이 성사되었다.

그렇게 친구 A, B, C와 함께 D의 집에 방문했다. 집들이라기보다는 불시 방문 같았다. 그녀의 집에 가기 전 돈을 모아 취향 저격 선물을 구입해 양손 무겁게 방문했다. 선물이 무색하게도 친구 D의 집은 이미 묵직하게 채워져 있었다. 우리 모두의 취향으로. 어색할 수도 있는 첫 만남인데 누구도 어색함을 느끼지 않았다. 꽤 오랜 시간 쌓아 온 내적 친밀감도 있었고, 자기 취향의 인형을 구경하느라 정신없는 이유도 있었다.

친구 D는 우리 중 가장 외향적인 성격이다. 파워 인싸에 누구와도 친해질 수 있는 밝은 성격. 모임에 제일 늦게 합류한 셈이지만, 먼저 만남을 주도하기도 하고 모임 중에도 재밌는 대화가 끊기지 않도록 만드는 분위기 메이커 역할을 하기도 했다. 지금은 내가 D와 가까운 곳으로 이사를 오면서 주 1회 정도 만나고, 우리 아기와도 가장 친한 이모가 되었다.

취업을 하고 아이를 낳으면서 많은 친구들과 멀어졌다. 항상 북적였던 카톡은 한산해졌고, 어떤 친구는 나를 '언팔'하기도 했다. 물론 연락하면 어제도 만난 듯 친숙한 친구들이 여전히 있었지만 생업이 바쁜 그들에게 선뜻 만나자고 제안하기는 어려웠다. 그런데 나와 같은 취향의 이 친구들은 공교롭게도(?) 모두 프리랜서로 일하고 집도 가깝다. 먼저 만나자고 하면 어떻게든 날짜를 잡아 모임을 성사시킨다. 대부분 내성적인 성격이지만 이 사람은 나와 만나줄 거라는 확신이 있기에, 거리낌 없이 만남을 제안할 수 있다.

신기하게도 우리는 모두 또래였다. 친구들을 대면하기 전에는 다들 나보다 어릴 거라 예상하고 모임의 큰언니가 되겠구나 생각했지만, 알고 보니 내가 막내였다. 어떤 친구는 미혼이고 어떤 친

인형 덕후 10년 차 키덜트가 할 수 있는 것들

구는 기혼인데 아이가 있는 사람은 나뿐이다. 육아 경험이 전무한 친구들이지만 우리 아기에게 항상 귀여운 선물을 주며 인형으로 야무지게 놀아주는 훌륭한 이모, 삼촌이 되었다. 첫 만남 때 이미 나는 임산부였고, 아이는 배 속에서부터 이모, 삼촌들을 만난 셈이다.

만삭의 몸에도 이 친구들을 줄기차게 만났을 뿐 아니라 심지어는 당일치기 여행을 다녀오기도 했다. 출산이 한 달 정도 남았을 무렵 회사에서 일하다가 쇼크가 와서 쓰러지기까지 했는데, 며칠 뒤 예정되어 있던 당일치기 여행을 꾸역꾸역 다녀왔다. 남편은 무조건 취소하라고 말했지만 약속을 깨고 싶지 않았다. 친구들과 함께하는 여행을 놓치고 싶지 않았다. 물론 가는 길은 입덧을 계속하며 고통스러웠다. 그러나 힘들게 도착한 여행지에서는 한순간도 후회하지 않을 정도로 힘차게 즐기고 왔다. 친구들은 만산의 임산부인 나를 충분히 배려해주었고, 하루를 빼곡히 행복하게 보낼 수 있었다.

학교나 회사가 아닌 곳에서 친구를 사귀기란 쉽지 않은 일이다. 그것도 10대가 아닌 30대의 나이에, 취향도 같고 성격도 잘 맞으면서 '이상하지 않은 사람'을 만나기란 더더욱. 물론 우리도 중간에 우여곡절을 겪으면서 상처를 입기도 했다. 하지만 오히려 일련의 사건 덕에 똘똘 뭉치며 우리만의 의리를 다지게 되었다. 모두들 성격이 완전히 같지는 않은 터라 '성격 차이'를 실감하기도 했다. 그럼에도 이 사람이 좋고, 계속 함께 좋아하는 것을 나누고 싶다는 생각으로 서로의 성격을 이해하고 받아들일 수 있었다.

내가 좋아하는 것을 발견하고 유튜버가 되면서 지금까지 할 수 없었던 많은 것을 경험할 수 있었다. 그중에서 가장 값진 일은 바로 친구들을 만난 것이다. 지난 친구들처럼 이 친구들 역시 언젠간 멀어질 수도 있겠지만, 우리는 만나는 동안 참 행복했다. 좋아하는 인형의 출시 소식을 공유하는 것 외에도 기쁜 일이 있으면 제일 먼저 공유하고, 고민을 나누면서 모두 함께 해결 방안을 찾기도 한다. 같이 만나서 콘텐츠를 촬영하고 있으면 '우리 되게 비즈니스적이네'라고 생각하면서도, 각자가 좋아하는 것을 존중해주고 하고 싶은 것을 마음껏 하게 해주는 서로의 배려에 새삼 고마움을 느낀다.

그동안 하도 많은 인형과 장난감을 주고받아서 이제는 '선물 금지령'이 떨어졌지만, 지금도 친구들은 많은 선물을 해준다. 내 취향의 장난감, 우리 아기가 좋아할 법한 인형, 심지어는 맛있는 음식까지도. 내가 받은 선물 중 가장 귀한 것은 친구들이 나를 생

인형 덕후 10년 차 키덜트가 할 수 있는 것들

각해주는 마음, 좋아하는 것을 마음껏 좋아할 수 있도록 지지해주는 마음이다. 내 행복을 생각해주는 바로 그 마음 말이다.

오늘의 덕질

초판 1쇄 인쇄 2023년 5월 30일 | 초판 1쇄 발행 2023년 6월 15일

지은이 이윤리 · 조소영 · 김창경 · 이예린 · 강유주 · 한지민 · 최서현

펴낸이 신광수
CS본부장 강윤구 | 출판개발실장 위귀영 | 디자인실장 손현지
단행본개발팀 정혜리, 김혜연, 조문채, 권병규
출판디자인팀 최진아, 당승근 | 저작권 김마이, 이아람
출판사업팀 이용복, 민현기, 우광일, 김선영, 최재용, 신지애, 허성배, 이강원, 정유, 설유상, 정슬기,
　　　　　정재욱, 박세화, 김종민, 전지현
영업관리파트 홍주희, 이은비, 정은정
CS지원팀 강승훈, 봉대중, 이주연, 이형배, 전효정, 이우성, 신재윤, 장현우, 정보길

펴낸곳 (주)미래엔 | 등록 1950년 11월 1일(제16-67호)
주소 06532 서울시 서초구 신반포로 321
미래엔 고객센터 1800-8890
팩스 (02)541-8249 | 이메일 bookfolio@mirae-n.com
홈페이지 www.mirae-n.com

ISBN 979-11-6841-552-2 (03810)